KB171214

빈곤의

여왕

빈곤의 여왕

尾
崎
将
也

오자키 마사야 지음 · 민경욱 옮김

달다

등장인물

다치바나 마이코   TV 프로그램 제작회사의 AD

나리타 겐지   마이코의 직속 상사이자 TV 프로그램 제작회사 디렉터

야마오카 세이지   30대 남성. 휴지 돌리기 동료

야지마 히토미   매우 아름다운 여성. 휴지 돌리기 동료

다도코로 게이스케   인터넷 카페 손님. 총을 들고 인질극을 벌인다.

마스미   마이코의 어머니. 딸을 빚 보증인으로 몰래 세우는 사람

야노 사토코   파견 시절 사건 친구이자 지금은 동거인

오카모토   편집 담당

교코   편집 담당 오카모토의 어시스턴트

야마시타 유코   도요TV 아침 프로그램 〈모니스타!〉의 캐스터

이토 요이치   〈모니스타!〉의 어시스턴트이자 도요TV 아나운서

차례

THE
POOR
QUEEN

1. AD는 괴로워

마이코는 벽에 걸린 TV 모니터를 봤다. 아직 광고 중이다. 시보時報는 '6:58'을 가리키고 있었다. 방금 '6:59'가 되었다. 앞으로 1분.

"침착해. 여기서 내가 초조해한다고 되는 일은 없어."

마이코는 스스로를 다독였다. 말은 그렇게 했지만 두근거리는 마음을 다스릴 수가 없었다. 그건 그렇고 여기 있는 다른 세 사람은 왜 이렇게 차분한 거지?

"그거, 저쪽 커트로 바꿔."

디렉터인 나리타가 지시를 내렸다. 편집 담당 오카모토가 "소리는 이쪽을 남기고 화면만 바꿔"라고 옆에 있는 어시스턴트 교코에게 말했다. 그러자 교코는 바로 "예" 하고 키를 두드렸다.

다다미 여섯 장 정도의 좁은 편집실은 낡은 잡거빌딩 3층에 있다. 이 빌딩을 나와 세 블록을 가서 오른쪽으로 돌면 보이는 게 30

층짜리 도요TV 사옥이다. 거리로는 2백 미터 정도. 걸어서 5분도 걸리지 않는다. 마이코는 일주일에 두 번, 이 거리와의 사투를 계속하고 있다.

TV 시보가 '7:00'이 되었다. 아침 정보 프로그램 〈모니스타!〉의 방송이 시작되었다. '모니스타'라는 말은 '모닝 스타'의 줄임말이다. 각 민영방송국은 아침 5시 무렵부터와 8시 무렵부터의 두 단계 구성으로 정보 프로그램을 편성하고 있다. 〈모니스타!〉는 7시부터 방송해 8시 프로그램보다 정보를 빨리 전해준다는 점을 장점으로 내세우고 있다. 치열한 시청률 경쟁을 벌이는 아침 프로그램 중 최근 2위를 달리고 있는 인기 프로그램이다. 화면에 캐스터인 야마시타 유코와 어시스턴트인 방송국 아나운서 이토 요이치가 등장했다.

"안녕하세요!"

"오늘도 날씨가 좋네요!"

"그런데 이토 군, 좀 춥지 않나요?"

"맞습니다. 오늘 아침 도쿄는 벌써 겨울인가 싶을 정도로 싸늘합니다."

"아직 초가을인데 말이죠. 여러분은 어떠십니까?"

소리를 줄여놓아 잘 들리지 않지만 대체로 그런 얘기를 하리라. 야마시타는 원래 이 방송국의 여자 아나운서였다. 프리랜서가 된 후 이 프로그램 캐스터로 발탁되었다. 연하의 미남 아나운서를 내려다보는 시선으로 얘기하는 말투가 오히려 시청자들의 지지를 받고 있다.

"오, 시작했다."

나리타가 모니터를 보고 리모컨으로 소리를 높였다.

"자, 이토 군, 오늘 메뉴를 소개해줄래요?"

"예. 호조 마키 씨가 불륜 의혹에 대해 솔직히 고백했습니다."

"그래요? 이제까지 침묵을 지키고 있던 호조 씨가 드디어 진상을 밝혔나 보군요"

인기 여배우 호조 마키에게는 전부터 잘생긴 유부남 의사와의 불륜설이 돌았는데, 그동안 본인들은 부정해왔다.

그런데 둘이 호텔에서 찍은 결정적인 사진이 유출되었다. 누가 유출시켰는지는 모른다. 호조 측이 아니라는 것만은 확실한데, 그렇다면 의사의 아내가 출처인 듯하다. 그 사진이 등장하자 호조는 더는 피할 수 없다고 판단하고, 처음으로 불륜을 인정하는 기자회견을 어젯밤 열었던 것이다. 마이코도 나리타를 비롯한 촬영 스태프와 함께 매스컴으로 붐비는 기자회견장에 있었다.

"그 테이프가 지금 여기에 있습니다."

이토가 가지고 있던 작은 비디오테이프를 들었다. 그러나 아무것도 녹화되지 않은 가짜 테이프다. 시청자의 기대를 부채질하려는 일상적인 연출이었다.

사실 그 방송용 테이프는 아직 이 세상에 존재하지 않았다. 이 편집실에서 지금 편집 작업을 하고 있기 때문이다.

아침 정보 프로그램에서는 방송이 시작되었는데도 그날 방영될 VTR이 완성되어 있지 않은 경우가 종종 있다. 이런 일은 결코 특별한 상황이 아니다. 취재한 영상 편집을 그날 밤부터 시작해

철야 작업 끝에 다음 날 아침 방송에 간신히 맞추어 완성한다. 늘 벌어지는 일이었다.

편집은 오카모토와 어시스턴트인 교코가 담당했다. 마이코는 디렉터인 나리타 겐지와 뒤쪽 소파에 나란히 앉아 있었다. 나리타는 마이코의 직속 상사다. 끊임없이 커피를 마시는 나리타의 종이컵이 비기를 기다렸다가 재빨리 커피를 따르는 것도 마이코의 일이다. 이 방에서 마이코가 할 수 있는 일은 그것뿐이다. 그러나 나리타는 "이쯤에서 좀 자둬"라는 말은 결코 하지 않았다. 편집 작업을 보는 것도 AD에게 필요한 공부라고 생각하기 때문이었다.

마이코는 그동안 그저 시계만 노려보면서 초조해하고 있을 뿐이다. 요컨대 편집 작업에는 아무런 도움도 되질 않는다. AD인 마이코가 아침에 하는 일은 앞으로 완성되는 테이프를 들고 방송국까지 달리는 것이다. 방송은 이미 시작되었다. 캐스터인 야마시타는 프로그램 서두에서 이 화제를 전해주겠다고 시청자와 약속했다. 이 VTR이 방송되는 건 간추린 뉴스와 일기예보가 나간 다음이니까 7시 20분쯤부터다. 예정대로 방송되느냐 아니냐는 마이코의 달리기에 달려 있었다.

마이코는 자신의 가늘고 든든하지 못한 두 다리를 내려다보며 불가사의한 기분에 사로잡혔다.

이 다리가 수백만 명에 달하는 시청자의 기대를 짊어지고 있다. TV방송이라는 거대한 미디어는 이렇게 관계자 한 사람, 한 사람이 철야를 하거나 전력으로 달린 고생의 축적으로 만들어진 것이다.

"음. 아무래도 여기 우는 얼굴을 업으로 가자."

마이코 옆에서 나리타가 말했다. 온에어가 시작되었는데 수정 지시다. 나리타는 세 번 중 두 번은 이런 짓을 했다.

"아닙니다. 이건 이미 회견이 끝난 다음이라 클로즈업을 하면 빛의 가감이 좋지 않아요."

오카모토가 담담하게 대답했다.

맞아, 지금 고치면 시간이 부족하다고. 무엇보다 방송 개시까지 남은 시간이 15분도 채 안 된다.

"하지만 말이야. 기껏 울었는데 아무래도 클로즈업으로 보여주고 싶단 말이지."

"음. 그럼 회장에서 나가는 그림으로 하죠. 계속 울고 있었지?"

오카모토가 옆에 있는 교코에게 물었다.

아니라고 해. 그런 영상은 찍지 않았다고.

"물러나기 직전에 순간이지만 그런 그림이 있습니다."

분위기 파악도 못하는 여자 같으니.

그 한마디로, 호조 마키가 우는 클로즈업 그림을 넣는 작업이 시작되었다.

늘 이 몇 분의 시간이 마이코에게는 영원처럼 느껴졌다. 방송 시간에 맞추기 위해서는 몇 분 전이 마지막 기한인지 그들도 잘 알았다. 그러나 이 직장에 들어와 아직 일 년밖에 안 된 마이코에게는 차분하게 기다릴 여유가 없었다.

옆에 있는 모니터를 봤다. 프로그램은 이미 뉴스를 끝내고 일기 예보 코너로 넘어갔다. 방송까지 10분이 채 안 남았다.

"됐어, 가!"

마이코는 편집이 끝난 테이프를 오카모토에게서 받았다.

마이코는 착 가라앉아 있던 편집실에서 아침의 쩽한 공기 속으로 튀어 나왔다.

아직 사람도 자동차도 통근 러시아워에 들어가지 않아 가는 길을 방해하는 건 없었다. 방송국 건물 안에 편집실이 있으면 훨씬 편할 텐데, 라고 마이코는 생각했다. 실은 있는데 할당 문제로 나리타 팀이 바깥 편집실을 쓰게 되었는지도 모른다. 마이코는 방송국 직원이 아니라 하청 제작회사의 직원이기 때문에 그런 것까지는 모른다. 하지만 방송국 안에 편집실이 있다 해도, 나리타는 "아직 시간적 여유가 있지. 역시 여기도 고치자"라고 말하고, 결국 마이코의 달리기에 모든 걸 맡기는 상황에는 변함이 없을 것이다.

전속력으로 달리는 마이코의 눈앞에 방송국 건물이 가까워졌다. 마이코는 IC카드를 대고 1층 방재센터 게이트를 통과해 방송국 안으로 들어갔다.

복도 모퉁이를 세 번 돌면 엘리베이터가 있다. 여기서 엘리베이터를 탈 것인가 말 것인가를 놓고 늘 망설였다.

운 좋게 엘리베이터가 1층에 기다리고 있으면 좋겠지만 내려오는 중이라면? 기다릴까, 비상계단으로 뛸까.

이 엘리베이터는 지금 몇 층에 있는지를 표시하지 않고 곧 도착한다는 램프만 켜진다. 그러나 그 '곧'이 묘하게 길어지는 등 예측할 수 없다는 점이 아주 곤란했다. 몇 층에 있는지 알면 앞으로 얼마나 있으면 올지 예상할 수 있을 텐데. TV라는 일 분 일 초를 다투는 일을 하는 직장에서 왜 이런 엘리베이터를 설치했을까. 아마도 설계자는 방송 직전에 VTR을 들고 달리는 정보 프로그램의 AD가 있다는 사실 따위는 상상도 못 했을 것이다.

만에 하나 테이프가 늦게 도착하더라도 30초 정도라면 캐스터가 대화로 버틸 수 있다. 캐스터와 출연자가 "정말 큰일이네요", "앞으로의 개선을 기대해야겠어요" 같은 말로 이미 끝낸 화제에 대해 별 의미 없는 코멘트를 달고 있다면, 대체로 AD가 다음 방송할 테이프를 들고 필사적으로 뛰고 있는 중이다.

그래도 시간이 맞지 않을 경우에는 급히 프로그램 구성을 바꿔 늦어진 꼭지를 뒤로 돌리는 수밖에 없다. 그럴 때 "늦었잖아! 이 멍청아!"라고 혼나는 것도 AD의 몫이다.

예상대로 운 좋게 마이코를 기다리는 엘리베이터는 없었다. 마이코는 망설이지 않고 비상계단으로 뛰었다. 5층에 있는 스튜디오까지는 앞으로 3분이면 도착할 수 있다. 숨이 상당히 찼지만 아직 한계는 아니었다.

지금쯤 나리타와 다른 사람들은 일을 끝냈다는 해방감에 잠겨 커피라도 마시고 있겠지. "다치바나, 넘어지지 마라" 같은 말이나 하며 웃고 있겠지.

내가 넘어지나 봐라.

마이코는 스튜디오 부조정실의 무거운 문을 열고 안으로 뛰어 들어갔다.

이곳에는 늘 종합 디렉터나 종합 프로듀서라는 높으신 분들이 앉아 고함을 쳐대고 있었다. 마이코 입장에서는 그다지 들어가고 싶지 않은 장소였다.

"호조 마키의 V입니다!"

마이코가 스태프에게 테이프를 건넸다. 테이프가 기계 속으로 빨려 들어갔다. 나리타로부터 AD가 테이프를 들고 갈 거라는 연락을 받았으리라. 이 시간에 맞춘다는 전제로 일동 스탠바이하고 있었던 듯하다.

"광고 끝납니다. 5, 4, 3……."

타임키퍼가 말했다. 다음 순간, 화면 속에서 야마시타가 말했다.

"자, 다음은 기다리신 호조 마키 씨의 불륜 해명 기자회견입니다."

"이제까지 어둠 속에 있었던 진상을 밝힐까요?"

"그럼 빨리 보시죠."

무사히 VTR이 시작되었다. 마이코는 한 층 아래 휴식 공간으로 내려가 모니터를 봤다. 어젯밤부터 부지런히 만든 4분 36초짜리 VTR이 전국에 방송되고 있었다. 호조 마키가 화면 속에서 눈물지으며 "그 사람의 부인에게 미안해서……"라며 그동안 거짓말한 이유를 변명했다.

마이코는 아직도 숨을 헐떡이고 있었다. 확실히 이때마다 어떤 쾌감을 느낀다.

요즘에는 사람들이 예전처럼 TV를 많이 보지 않는다지만, 그래도 수백만의 사람들이 보고 있다는 사실에는 변함이 없었다. 대부분은 아침을 먹으면서 흘려들을지 모르지만, 그래도 몇 만 명의 사람들이 직장이나 학교에서 "그거 봤어?"하며 화제로 삼을 것이다.

마침내 VTR이 끝났다. 마지막은 아까 넣은 눈물 흘리는 클로즈 업이었다. 역시 그 컷을 넣길 잘했다.

마이코가 오늘, 아니 어제부터 한숨도 자지 못하고 계속해온, 연예인의 불륜이라는 약도 독도 되지 않는 화제를 세상에 제공하는 일이 끝났다.

마이코는 휴식 공간에 놓인 소파에 앉아 꾸벅꾸벅 졸고 있었다.

그런데 사소한 휴식을 즐기는 마이코를 흔들어 깨우는 사람이 있었다. 눈을 뜨니 나리타가 서 있었다. 자신이 만든 VTR이 무사히 방송되는 걸 편집실 TV로 확인하고 천천히 온 것이다.

"수고!"

"수고하셨습니다."

나리타는 조금도 피로한 기색이 없었다. 왜 이 남자는 이토록 생생할까.

"내가 지금 무슨 생각하는지 알아?"

"아, 아니오……."

"이런 바보 같으니, 생각 좀 해라. 어제 회견장에서 네가 서 있던 위치야. 그렇게 좁은 곳에 멍하니 서 있으면 방해가 된다고!"

"죄송합니다. 하지만 뒤에 있던 다른 방송국 기자가 방해된다며 저리로 가래서."

"변명이나 늘어놓고!"

"죄송합니다."

마이코는 이 직속 상사가 영 힘들었다. 나쁜 사람은 아니다. 그러나 일에 열중하면 밥 먹는 것도 잊는 타입인 데다가, 수면 시간이 아주 짧아도 되는 체질이었다. 이런 사람은 다른 사람이 배가 고플 거라거나 졸릴 거라는 상상을 조금도 하지 못한다.

마이코는 원래 식사는 하루에 세 번 정해진 시간에 하고, 밤에는 8시간은 자야 하는 인간이었다. 그러나 AD 일은 시간이 불규칙한 건 물론, 제때 밥을 못 먹는 경우도 많고 일주일에 두 번은 철야를 했다. 용케 지금까지 자신과 맞지도 않는 일을 해왔다. 나리타 같은 남자를 상사로 둔 덕에 이 부조화가 더욱 극대화되고 있었다.

전에 인터넷에서 '크러셔(Crusher, 분쇄기—옮긴이) 상사'라는 말을 본 적이 있다. '부하의 실수를 집요하게 건드리거나 폭언을 일삼아 우울증에 따른 휴직이나 퇴직의 길로 몰아넣으며 부하를 차례차례 망가뜨리는 상사'를 가리키는 말이다. 나리타는 이 정의에 상당히 맞아떨어졌다. 다만 나리타의 경우는 악의가 있는 게 아니라 일에 너무 열심이어서 벌어지는 일이었다.

나리타는 올해 서른 살인데 얼굴이 약간 어려 보여 더 젊게 보는 경우가 많았다. 본인은 그걸 콤플렉스로 여기는 듯했다. 한때는 수염을 기른 적도 있는데 어울리지 않아 그만둔 것 같다. 아랫사람에게 얕잡아 보일지도 모른다는 생각이 그의 말과 행동을 거칠게 만들었다.

"내가 지금 무슨 생각을 하는지 알아?"

나리타는 자주 마이코에게 그런 질문을 던졌다. '너는 아무것도 모른다'는 의미였다. AD는 디렉터의 요구를 한발 앞서 해결해야 한다. 지시한 후에 움직이면 너무 늦는다.

그러나 나리타의 속내를 내가 어떻게 안단 말인가.

처음부터 "이럴 때는 이렇게 해. 기억해둬"라고 하면 좋을 것을, 나리타는 굳이 "내가 지금 무슨 생각을 하는지 알아?"라고 심술궂은 질문을 던졌다. 마이코가 "A인가요?"라고 말하면 "멍청이, 이건 B지!"라고 말했다. 마이코가 틀린 답을 말하면 나리타는 한심해하며 부정한 다음 정답을 말했다. 그와 마이코의 세계에서 나리타는 늘 정답을 알고 있는 신과 같은 존재였다. 마이코는 항상 납작 엎드리는 수밖에 없었다. 그 굴욕도 급료에 포함되어 있는 걸까.

나리타와 개인적인 일은 그다지 얘기한 적이 없었다. "빨래가 잔뜩 밀렸어"라는 말을 들은 적이 있으니 아마 독신이겠지. 여자 친구는 있을까. 있다면 혹시 그녀에게도 "내가 지금 무슨 생각하는지 알아?"라고 물을까. 마이코는 그런 생활은 못 견딜 것 같다.

"디렉터가 되고 싶다면 말이야."

나리타의 설교는 대체로 이렇게 시작되었다.

"디렉터가 되고 싶다면 말이야, 촬영 순간부터 편집을 생각하지 않으면 안 돼. 그러면 이런 그림이 필요하다는 걸 알지."

"디렉터가 되고 싶다면 말이야, 시청자가 뭘 보고 싶어 하는지 늘 생각해. 그러려면 우선 자신도 시청자가 돼야지."

그건 확실히 맞는 말이었다. 그런 의식이 자신에게 부족하다는 사실도 마이코는 잘 알고 있었다. 하지만 현장에 나가면 눈앞에 주어진 일을 처리하느라 거기까지 생각이 미치지 못했다.

무엇보다 나는 정말 디렉터가 되고 싶은 걸까. 마이코는 최근 종종 그런 자문을 했다. 하지만 잘 모르겠다.

TV 프로그램을 만드는 일에는 흥미가 있었다. 어렸을 때는 TV에 거의 미친 아이였다. 'TV가 유일한 친구'였다. 그렇다고 TV 일에 적합하다고는 할 수 없다.

라디오방송국 총무팀에서 파견사원으로 일했을 때 지금 일하는 제작회사 사람을 알게 되었다. 그때 정보 프로그램의 AD 자리에 결원이 생겼는데 해보지 않겠냐는 권유를 받았다. 그게 작년 일이다.

마이코는 별로 고민하지 않고 이 일을 선택했다. 라디오방송국에서 가끔 출연자와 복도에서 스쳐 지나가는 경우가 있었다. 저런 사람들과 같이 일해보고 싶다는 동경의 마음이 있었다. 힘든 일이라고 들었지만 그보다 해보고 싶다는 마음이 더 컸다. 파견 나온 회사의 책상 앞에 붙들려 있기만 하는 단조로운 일보다 자극적이고 충실한 생활을 보낼 수 있을 것만 같았고, 정규직 사원이 잘난 척하며 지시 내리는 걸 보는 것도 지긋지긋했다.

인간이란 무릇, 앞으로 벌어질 일에 대해서는 "어떻게든 되겠지" 하며 낙관적인 예측을 하기 마련이다. 실제로 "어떻게든 되고 있다"고 하면 그것도 사실이다. 그러나 "한계가 다가오고 있다"고도 할 수 있다.

〈모니스타!〉는 월요일부터 금요일까지 주 5일 방송되었다. 스태프가 백 명에 달하는 대규모 프로그램이다. 크게는 스튜디오에서 생방송을 진행하는 스태프와 프로그램 중 방영할 VTR을 만드는 팀으로 나뉘었다.

VTR을 만드는 팀은 연예, 뉴스, 유행 소재 등 장르에 따라 세분화되어 있고, 또 각 장르에 두세 개의 팀이 있었다. 마이코는 세 개의 연예팀 중 나리타 팀에 속했다. 이 팀은 일주일에 두세 번 VTR을 만들어 프로그램에 제공했다.

VTR을 만드는 데는 보통 준비에 하루, 취재에 하루가 들었다. 취재 다음 날이 방송이어서 소재를 들고 편집실에 틀어박혀 오늘 아침처럼 철야 작업을 했다. 방송 후에는 시간이 비지만, 저녁에는 출근해 경비 정산과 서류 처리를 해야만 했다. 그게 잔업이 되는 경우가 많았다. 그리고 다음 날부터는 다시 다음 취재 준비⋯⋯.

나리타로부터 취재 내용을 듣고 준비를 시작했다. 준비 단계에서의 AD 일은 취재받을 상대와의 절충과 촬영 장소 섭외다.

마이코는 생판 모르는 사람에게 전화를 걸어 부탁하는 일이 서툴렀다. TV에 나온다고 좋아하는 사람도 있지만 극도로 싫어하는 사람도 일정 비율 존재했다. 심할 때는 아직 얘기 중인데 뚝 하고 전화를 끊는 사람도 있었다. 그럴 때 나리타에게 "거절당했습니다"라고 말해봤자 "그래?" 하고 끝날 리가 없었다. "이런 멍청이! OK할 때까지 매달려!"라는 소리가 돌아올 뿐이었다. 그러면 울 것 같은 심정으로 다시 전화해 부탁했다. 밤이 되어 갑자기 "내일 코멘트를 딸 전문가를 찾아"라는 말을 들을 때도 있었다. 한밤중에 전화해 "이런 밤중에 갑자기 부탁을 해도⋯⋯"라며 황당해

하는 사람을 설득하는 기술은 마이코에게는 지난한 일이었다. 결과적으로는 나리타의 지시를 수행 못해 "넌 정말 쓸모없는 녀석이야!"라는 소리를 듣고 나리타가 나서게 되곤 했다.

취재 현장에서도 마이코는 "항상 짐덩어리라니까"라는 소리를 나리타에게 계속 들어왔다. 시간이 한정된 가운데 재빨리 다양한 일을 처리해야 하는데 마이코는 잘되지 않았다. 서투르기보다 익히는 데 시간이 걸렸다.

쉴 때도 마음을 놓아선 안 되었다. 돌발 사건이 일어나면 쉬는 날이라도 호출되는 경우가 적지 않았다. 큰 사건이라도 나면 당연하다는 듯 응원을 가야 했다.

이외에도 이 일에는 늘 트러블이 따라다녔다. 영상 사용 허가를 따지 못했다거나 스폰서의 라이벌 기업 상품이 크게 나왔다거나. 그 처리에도 신경이 소모되었다. 마이코의 시간은 점점 잘려나가고 없었다.

순수한 휴식은 화장실 안에서만 가능했다. 개인 칸에 들어가 주머니에 넣어뒀던 주먹밥을 씹는 일도 드물지 않았다. 그런 날들을 "어떻게든 되고 있다"고 말할 수 있을까.

디렉터로 승진하면 지금의 고생에서 조금이라도 해방된다. 그러나 디렉터에게는 디렉터의 고생이 있었다.

회의에서 "이 소재로 가죠"라고 제안하고 소재가 결정되면 스태프를 모아 취재에서 편집까지 책임을 진다. 자신이 만든 VTR을 방송한 시간대의 시청률이 나쁘면 호되게 당한다.

그러나 나리타는 아무리 가혹한 일이라도 기꺼이 하는 듯 보였다. 마이코는 나리타처럼 될 수 있을까. 운 좋게 지금 일에서 벗어나더라도 다음 지옥이 기다리고 있을 뿐이라는 생각이 들었다.

"이런 데서 자지 마. 한심해 보여."

마이코가 눈을 부비며 일어나자, 나리타가 캔 커피를 내밀었다.

"죄송합니다" 하면서 받았다. 나리타는 아주 가끔, 이런 최소한의 다정함을 표하려고 했다. 캔 커피는 당분이 너무 많아 마시고 싶지 않았지만.

"나도 스태프 룸에서 살다시피 했었지."

나리타는 자주 자신의 AD 시절 고생담을 늘어놓았다. 또 시작인가 싶어 마이코는 졸린 눈을 끔뻑거렸다.

"이제 좀 집에 가라고 프로듀서가 혼을 내서 어쩔 수 없이 갔지. 나는 집에 갈 시간이 있으면 더 자는 게 합리적이라고 생각했지만. 하지만 여성 스태프들에게 냄새가 나니 목욕이나 하라고 일제히 욕을 먹었지."

지금의 네 상태는 그보다 훨씬 나으니까 참으라는 말을 하고 싶은 거겠지. 지독한 상태를 견디는 건 당신 자유지만, 자기만의 기준을 강요하지는 말라고 마이코는 생각했다. 물론 그런 말을 입 밖에 꺼내지는 않았다.

받은 캔 커피를 따서 입에 댔다. 역시 너무 달았다. 다 마시지 말고 버리자.

"그리고 이거 좀 부탁하자. 끝나면 가도 돼."

마이코는 나리타에게 테이프 몇 개를 받았다. 취재에 사용한 비디오테이프였다. 이 테이프는 다시 사용하기 위해 일단 다 지운다. 그 작업이 마이코의 마지막 업무였다.

"알겠습니다. 수고하셨습니다."

"수고!"

나리타는 엉거주춤 걸어갔다.

마이코는 테이프를 가지고 부조종실로 향했다. 아직 프로그램이 방송되고 있어서 종합 프로듀서의 성난 목소리가 울리고 있었지만, 자신과 관계없는 코너에는 아무런 흥미가 없었다.

부조종실 구석에는 테이프를 지우는 이레이저라는 기계가 있다. 토스터를 크게 만든 모양으로 위쪽 슬릿에 테이프를 끼우고 스위치를 넣으면 테이프가 쓱 빨려 들어간다. 조금 있으면 "달가닥" 하고 마른 소리가 나고 테이프가 나온다. 그러면 테이프는 데이터가 삭제된 새것이 된다.

마이코는 이 작업을 좋아했다. 싫은 기억도 이렇게 리셋할 수 있으면 좋겠는데, 하고 진부한 생각을 한 적도 있었지만, 사실 단순히 "달가닥" 하는 소리에 기분이 좋아졌다.

"달가닥. 달가닥." 오늘도 이레이저는 경쾌한 소리를 냈다.

마이코는 깨끗해진 테이프를 들고 부조종실을 나와 10층에 있는 스태프 룸으로 가 지정된 선반에 놓았다.

슬쩍 보니 소파 위에 잠들어 있는 젊은 스태프가 있었다. 마이코와는 팀이 달라 말을 해본 적은 없었다. 깨우는 것도 안쓰러워 마이코는 발소리를 내지 않도록 하면서 방을 나왔다.

이번에는 서두를 필요가 없으니 엘리베이터를 타고 내려와 방송국 밖으로 나갔다. 이 시간이 되면 거리는 한참 북적였다. 많은 사람들이 이제부터 일을 시작한다. 오늘은 어쩐 일로 내일 아침 10시까지 쉴 수 있다. 돌발적인 사건만 일어나지 않는다면.

'오늘 하루 세상이 평화롭기를.'

마이코는 성인 같은 말을 마음속으로 중얼거렸다.

오전의 부드러운 햇살 속에서 마이코는 잠시 졸았다.

저녁에 일어나 뭐라도 먹자.

편의점 도시락만으로는 영양이 불균형하다는 걸 잘 알지만, 밥할 에너지는 일하느라 다 쓰고 없었다. 냉장고에는 함께 사는 사토코의 물건만 들어 있었다. 냉장고 내용물은 소유권이 명확해 상대방의 음식을 멋대로 먹어서는 안 된다는 게 동거 규칙이었다. 그렇지만 어제 아침 냉장고에 들어 있던 행인두부(중국 음식으로 살구씨 가루와 우유 등을 섞어 만든 젤리―옮긴이)는 맛있었는데, 먹으면 사토코가 화를 낼까. 나중에 돈을 내면 될까.

그런 걸 꾸벅꾸벅 졸면서 생각하고 있는데 머리맡에 둔 휴대전화가 울렸다.

자고 있을 때 걸려오는 전화는 마이코가 가장 싫어하는 것이다. 이런 전화가 좋은 뉴스를 전하는 법은 없었다.

화면을 보니 나리타였다.

또 일 호출일까. 너무 나른해 전화를 받을 수 없었다. 전화를 조금이라도 늦게 받으면 나리타는 화를 냈다. 이전에 목욕을 하느라 전화 오는 걸 몰랐는데, "멍청아! 목욕탕에도 휴대전화를 가지고 가라고!"라며 화를 냈다. 그러나 오늘 마이코는 아무래도 졸음을 이길 수 없어 전화를 무시하기로 했다.

다시 잠이 들려다가 멍하니 천장을 올려다봤다.

이 방은 언제나 설핏 향수 냄새가 났다. 마이코는 향수를 사용하지 않아 그 냄새는 이곳이 내 방이 아니라는 각인 같은 것이자, 여기라면 마음을 놓아도 괜찮다는 '이완'의 상징이기도 했다.

마이코는 파견사원으로 일할 때 사귄 친구 야노 사토코와 방을 나눠 쓰고 있었다. 원래는 이 1LDK(방 하나, 거실, 식당 겸 부엌으로 구성된 주택—옮긴이) 맨션에 사토코 혼자 살았는데, 마이코가 굴러들어온 것이다.

동거 얘기가 나온 건 파견 시절의 친구와 술자리를 가졌을 때였다.

"나, 방에는 자러만 갈 뿐이라 월세가 아까워."

술기운을 빌어 마이코는 조금 수다스러워졌다.

"하지만 방이 없으면 살 수 없잖아. 자기만 하는 원룸에 8만 엔이나 지불해야 하다니."

그 소리를 들은 사토코가 "그럼 우리 집에 올래?"라고 말했다. 사토코와는 그렇게 친하지 않았기 때문에 의외였다. 1LDK의 방을 빌렸는데 너무 넓다고 했다.

"월에 4만 엔, 어때? 전기와 가스, 수도요금은 절반씩 내고."

그럼 합쳐도 5만 엔 이하로 가능했다. 이거다 싶어서 마이코는 그 말을 받아들였다.

사토코는 스물다섯인 마이코보다 한 살 위였다. 시원시원한 성격으로 자잘한 말은 하지 않았다. 동거인으로서는 이상적이었다.

남자와 관련해 이리저리 얽히면 성가시지만, 소박한 성격의 사토코라면 그런 일도 없을 듯했다. 두 사람 사이에 깊은 우정이 있는 건 아니었지만, 이 정도의 거리감이 딱 좋을지도 몰랐다. 마이코는 침대를 비롯한 커다란 가구를 과감하게 처분하고, 종이 박스 다섯 개만 들고 가볍게 이 방으로 이사를 왔다.

사토코는 최근 2년 동안 중견 건설회사에서 파견사원 일을 계속해왔다. 9시부터 6시까지, 매일 시간이 정해진 일로, 잔업은 거의 없었다. 사토코는 "수입을 늘리고 싶으니까 잔업을 하고 싶은데"라며 태평한 소리를 했다. 마이코는 편안하기는 하지만 단조로운 파견 일에서 벗어나고 싶다고 생각했는데, 사토코는 지금 상황에 만족하는 것 같았다.

마이코는 사토코의 태평스러운 태도를 보면 조금 부러웠다. '나도 그만두지 않았으면 좋았을 텐데'라고 후회할 때도 있었다. 그러나 파견 일은 아무리 오래 해도 급료가 늘어나는 것도 승진할 수 있는 것도 아니었다. 파견 회사의 사정으로 언제 잘릴지 모른다는 위험도 있었다.

사토코는 장래를 어떻게 생각하고 있을까. 결혼해서 전업주부라도 할 생각인가. 그런 말을 한 적은 없었다. 사토코와 그런 얘기를 하면 자신에 대해서도 얘기해야만 한다. 사토코와 얘기하고 싶지 않다기보다 자신과의 대면을 피하고 싶은지도 모르겠다.

앞으로 어떻게 할 것인가. 언제까지 지금 일을 계속할 수 있을까…….

다시 전화가 울렸다. 또 나리타였다. 두 번은 무시할 수 없어서 마이코는 전화를 받았다.

"예, 수고하십니다"라고 말하려고 했는데, 잠에서 덜 깨 "수고하십니다요" 같은 말을 했던 것 같다.

"보도에서 빌린 테이프, 어디 됐나?"

다급하게 용건부터 말하는 나리타의 목소리에는 어딘가 절박한 울림이 있었다.

"예?"라고 했지만, 사실 "에?" 발음에 가까웠다.

"어, 라고 할 때가 아니라고! 어제 보도에서 빌린 거 말이야!"

점점 머리가 맑아졌다. 오늘 아침 방송한 호조 마키의 VTR 중 마키가 예전에 교통사고 당했을 때의 영상이 필요했다. 그 사고 때 마키를 담당했던 의사와 나중에 불륜 관계가 되었기 때문에 '두 사람의 운명적인 만남'으로 사고를 소개했다.

과거의 뉴스 영상은 보도부가 관리했다. 어제 저녁, 그 영상을 빌리기 위해 신청서를 쓰고 보도부의 마스다라는 직원에게 냈었다. "어디다 쓰나? 불륜?" 그런 한심한 데 자신들의 소중한 영상을 쓰고 싶지 않다는 태도였다. 그러나 영상을 연예가 아니라 사회적 주제에 쓴다 해도 이 남자의 오만한 행태는 마찬가지일 것이다. 도요TV 보도부는 뉴스 영상이 자신들의 재산이라는 의식을 가진 듯했다. 본래 그것들은 방송국 재산이지 보도부 것이 아니다. 보도부가 영상을 관리하는 건 당연한 일인데, 어째서 다른 부서가 빌릴 때마다 저렇게 오만한 얼굴을 할까, 마이코는 도무지 이해가 되지 않았다.

인간은 왜 그렇게 자신의 영역을 만들고 싶어 하는 걸까. 방송국 직원이 아닌 마이코와는 관계없는 일이라 뭐라 할 입장은 아니었지만, 영상을 빌리러 갈 때마다 대단한 얼굴을 봐야 하는 게 지긋지긋했다.

"그래. 어제 네가 빌려 온 보도부 테이프 말이야. 아직 돌려주지 않았다는 전화가 왔어. 혹시 가지고 간 건 아니겠지."

그러고 보니 그 테이프를 어떻게 했지? 기억이 나질 않았다. 다른 테이프와 같이 가지고 간 것까지는 기억이 나는데. 설마 하는 생각에 가방 안을 봤다.

"없는데요."

"그럼 어딘가에 내버려뒀나?"

"…… 그럴 수도."

"그럴 수도 있다니 무슨 소리야! 똑바로 얘기해!"

"죄송합니다. 모르겠습니다."

"그럼 빨리 와서 찾아! 보도에 반납하라고. 알겠어?"

전화가 끊어졌다.

잠깐의 휴식 시간이 끝났다. 마이코는 천천히 일어나 옷을 갈아입었다. 윗옷을 입었을 때 오한이 찾아왔다.

아침에 여러 개의 테이프를 이레이저에 넣고 영상을 삭제했었다. "달가닥, 달가닥" 경쾌한 소리를 내며.

설마, 그 안에?

마이코는 서둘러 방을 나왔다.

가능성은 충분했다. 아니, 아니야, 그럴 리가.

머릿속이 빙글빙글 돌기 시작했다. 그러나 생각할수록 지웠을 가능성이 점점 더 높아졌다.

전차를 탈 때쯤에는 거의 확신으로 바뀌어 있었다. 무엇보다 보도 테이프를 따로 놓아둔 기억이 없었다.

나리타는 "이거 부탁해"라고 말하고 테이프를 모아 건넸다. 보도 테이프는 삭제할 것들과는 따로 분리해 반납하라는 의미였다.

"이건 보도에 반납해야 하니까 조심해"라고 따로 건넸으면 좋았을 텐데. 그러나 지금 와서 나리타에게 그런 말을 해도 "그런 거 내가 알 바 아니지!" 하고 호통을 칠 게 빤했다.

나는 보도에서 빌린 테이프를 지워버렸다.

이제 그 외의 가능성은 생각할 수 없었다. 사망자가 나온 것도 아닌 교통사고 영상에 무슨 대단한 가치가 있다고는 생각하지 않았다. 그보다 빌린 테이프를 실수로 지워버렸다는 게 문제였다.

머릿속에서 나리타와 마스다가 저마다 마이코에게 욕설을 퍼부었다.

차창을 흐르는 경치가 너무나도 현실감 없어 보이더니 점차 뿌옇게 변했다.

2. 모든 것을 잃은 날

어딘가의 스피커에서 느긋한 여자 목소리가 반복해 들려왔다.

"필요 없는 TV를 회수합니다. 고장 난 것도 괜찮습니다."

폐품 회수 차량이 주위를 빙글빙글 도는 듯했다. 그런 차에 TV를 팔러 갔다가 오히려 고액의 물건을 떠밀려 샀다는 소문이 있는데 진상은 알 수 없었다.

마이코는 스피커 소리가 멀어지는 걸 이불 속에서 멍하니 듣고 있었다.

평일 낮에 이불 속에 있는 게 스케줄상 드문 일은 아니었다. 그러나 지금의 마이코가 전과 크게 다른 건 이제 그 일로 돌아갈 필요가 없다는 점이었다.

마이코는 AD 일을 그만두었다.

그날, 방송국으로 가 데이터를 지운 테이프를 놓아둔 선반을 보니 예상대로 그 보도 테이프도 함께 있었다. 일말의 희망을 가지고 확인했지만, 허무하게도 데이터는 깨끗하게 지워져 있었다.

마이코는 그 후 스태프 룸에 멍하니 앉아 있었다. 지금 당장 이 일을 나리타에게 알려야 했다. 이러고 있는 건 단순히 시간만 끌 뿐이다.

일단 이 난국을 타개할 방법을 생각해봤지만, 생각나는 거라곤 원인 불명의 화재로 테이프가 타버렸다거나, 방송국에 도둑이 들어 테이프를 도둑맞았다거나, 현실감이 떨어지거나 사실이라면 범죄가 될 만한 것들뿐이었다.

결국 마이코가 나리타에게 전화한 건 두 시간 후였다. 화를 낼 거라고 생각했는데, 전화를 받은 나리타는 화를 내는 것도 잊고 아연실색했다.

"정말……."

간신히 그렇게만 말했다.

저녁에 나리타는 보도국에 사과하러 같이 가주었다. 마이코에게 지시한 사람은 자신이다. 아무래도 상사의 관리 책임을 추궁당할 것이다. 이때 나리타의 태도는 상당히 어른스러웠다.

예상대로 보도부의 마스다는 주절주절 싫은 소리를 해댔다. "어떻게 된 겁니까? 당신들은 도대체 관리를 어떻게 하는 겁니까?", "이래서 와이드 쇼라니까."

와이드 쇼는 저속하다는 이미지 탓인지, 지금은 '정보 프로그램'이라는 표현을 쓰는 경우가 많았다. 그 사실을 알면서도 마스다는 "어차피 와이드 쇼"라고 수없이 말했다.

"어떻게 책임질 겁니까?"

"다시는 이런 일이 없도록 하겠습니다."

나리타가 그렇게 말하고 고개를 숙였다.

"그런 말은 듣고 싶지 않습니다. 책임이요, 책임!"

마스다가 더 따지고 들었다.

그때 마이코가 저도 모르게 입을 열었다.

"제가 그만두겠습니다."

마이코의 발언에 나리타는 한숨을 내쉬었고, 마스다는 쓴웃음을 지었다.

"바보냐? 네가 그만둔다고 뭐가 달라지냐!"

나리타가 어이없다는 듯 말했다.

"하지만 제 책임이니……."

"네가 책임을 지다니 말도 안 되는 일이야! 네가 책임진다고 무슨 도움이 되냐!"

마스다도 동의하듯 쓴웃음을 무너뜨리지 않았다.

정신을 차리니 마이코의 뺨을 타고 눈물이 흘러내렸다. 취재 대상에게 부조리한 클레임을 듣고 너무 분해 집에 돌아와 운 일은 있었지만, 일터에서 운 건 처음이었다.

눈물이 하염없이 흘렀다. 테이프를 잃은 미안함이라든가 혼이 난 충격 때문이 아니었다. 이제까지 담아왔던 게 둑이 무너지듯 일거에 쏟아진 거였다. 스스로도 놀랄 만한 양이었다. 스트레스라는 이름의 댐이 무너진 것이다.

그 눈물에 효과가 있었는지는 모르겠으나 마스다가 내뱉듯 말했다.

"뭐, 지워버린 걸 되돌릴 순 없으니. 앞으로 조심하세요!"

'그럼 처음부터 그렇게 말하라고!'

마이코는 울면서 속으로 생각했다.

"부장 명의로 시말서를 써 와요."

그렇게 말하고 마스다는 자리에서 일어났다. 그쯤에서 끝내야 겠다고 생각한 모양이었다.

마이코와 나리타는 복도로 나왔다. 부장에게는 나리타가 설명 할 거라고 했다. 나리타가 쓴 시말서를 부장이 보도국으로 들고 가 한 번 더 사과하고, 그렇게 이번 일은 끝나리라. 앞으로는 보도 부에서 테이프를 빌릴 때마다 "이번에는 지우지 말아줘"라는 얄 미운 소리를 들어야겠지만.

마이코는 아직도 울고 있었다.

"언제까지 울고 있을 거야? 앞으로 조심해."

걸으면서 나리타가 말했다.

"내일 사표를 내겠습니다."

"무슨 소리야? 이제 됐다고, 이 멍청아!"

"죄송합니다."

"이제 됐어. 앞으로 조심하면 돼."

"아닙니다. 그게 아니라 그만두고 싶습니다."

"뭐?"

나리타는 마이코가 진심으로 그만두겠다고 한 줄 몰랐던 모양 이다.

그러나 마이코는 조금 전 얘기를 입 밖에 내는 순간부터 그만둘 마음이었다.

"바보냐! 그런 일로 그만두면 너 같은 녀석은 백만 번은 그만뒀 겠다!"

"죄송합니다."

"돌아가서 자. 내일은 아침부터 기획회의가 있으니까 참석하고."

"그만두고 싶습니다."

"진심으로 하는 말이야?"

"그만두고 싶습니다."

마이코는 같은 말을 반복했다.

나리타는 멈춰 서서 마이코의 얼굴을 뚫어져라 쳐다봤다. 나리타도 드디어 진심이라는 걸 안 모양이었다.

마이코는 넘치는 생각을 멈출 수가 없었다.

"이제 싫습니다. 한계예요. 이런 일, 더 이상 계속하면 마음이 고장 날 것 같습니다."

나리타의 얼굴에서 표정이 쓰윽 사라지더니 가면처럼 변했다. 그런 나리타의 얼굴은 처음이었다. 나리타는 "후" 하고 숨을 내쉬었다.

"이런 일, 이라……."

한동안 단어를 고르는 듯한 표정이더니 나리타가 말했다.

"맘대로 해."

나리타는 등을 돌리고 성큼성큼 사라졌다.

마이코는 조금 더 그를 배웅하고 반대쪽으로 걷기 시작했다. 문득 정신을 차리고 보니 이미 눈물은 멈춰 있었다.

방재센터 게이트를 나왔을 때 마이코는 해방감을 느끼는 자신을 발견했다. 이제 더는 이곳을 달려 통과할 일이 없다. 시큰둥한 상대에게 전화를 걸어 필사적으로 부탁하거나 트러블을 처리하느라 골머리를 안을 일도 더는 없다.

밖으로 나오자 바람 냄새가 났다. 마이코는 바람에 냄새가 있다는 사실을 아주 오랫동안 잊고 지냈다. 동시에 피곤이 엄습했다. 피로를 느끼는 것도 금지되어 있었던 걸까.

마이코는 방으로 돌아와 이불에 들어가자마자 내리 잠만 잤다.

마이코는 다음 날 낮에 일어나자마자 인터넷으로 사표 쓰는 법을 찾아 그대로 썼다. 그리고 제작회사 본사에 사표를 내러 갔다.

"지금까지 분발했는데 아깝네."

나리타보다 더 윗사람인 부장은 그렇게 말했지만 강하게 말리지는 않았다.

이럴 때 사표에는 '일신상의 이유로 퇴직'이라고 쓴다는 것도 처음 알았다. 마이코의 일신상의 이유는 뭘까. 표면적으로는 실수에 대해 책임을 지는 거였지만, 사실은 단순한 도피에 불과했다.

어떤 직장이라도 이런 실수를 되풀이하고 혼이 나면서 조금씩 성장해 프로가 될 것이다. 마이코는 그저 그런 매일로부터 도망치고 싶었을 뿐이다. 스스로도 그 점은 잘 알고 있었다. 한심한 인간이라고 해도 괜찮다. 다음 일은 나중에 생각하자. 다시 파견 일로 돌아갈까. 지금은 일단 실컷 자고 싶었다. 그 정도는 용서받을 만하다고 생각했다.

"잠깐만 일어나 봐."

마이코는 갑자기 누군가가 몸을 흔들어 일어났다.

사토코였다. 어느새 밤이었다. 이런 시간에 사토코와 얼굴을 마주하는 건 오랜만이었다. 사토코는 조금 예뻐진 듯했다. 원래 그녀는 마이코보다 외모에 신경을 쓰는 타입이었다.

"이제 왔어?"

마이코는 일어났다.

"어때? 다음 일은?"

"응…… 아직."

일을 그만두고 사흘이 지났지만 아직 어떤 행동도 하지 않고 있었다. 사토코에게 AD 일을 그만뒀다고 얘기하긴 했다. 동거인이 무직이니 이대로 빌붙는 거 아닐까 하고 사토코가 걱정할 것 같으니 빨리 뭔가를 해야 했다.

"걱정 마. 일은 꼭 찾을 테니까."

"갑작스러운 말이지만…… 나가줬으면 좋겠어."

놀랄 만큼 감정이 실려 있지 않았다.

"뭐?"

너무 말투가 선선해 마이코는 바로 그 뜻을 알 수 없었다.

"이 방을 나가라고?"

"미안."

사토코는 여전히 감정 없이 말했다. 아마도 일부러 감정을 싣지 않고 말하려고 했을 것이다.

"뭐?!"

이번에는 마이코가 놀라 소리를 질렀다.

왜 나가라는 말이 나오지? 내가 무슨 나쁜 짓이라도 했나, 머릿속이 빙빙 돌았다. 무직이 되면 동거를 해소한다는 규칙을 정했던 기억도 없었다.

"처음에 잠깐 동안이랬지? 그래서 괜찮겠다고 생각했어. 이대로 가면 계속 이 상태가 될 거야."

어쩐지 너무 말이 심했다.

"하지만 월세나 전기요금은 다 내고 있는데."

마이코가 반론하듯 말했다.

"당연하지. 내지 않으면 끝이지."

"하지만 우리 집에 오라고 한 사람은 너야."

"그랬나?"

그토록 분명하게 한 말을 잊을 리 없었다.

"나는 같이 살면 더 즐거울 거라 생각했어. 함께 쇼핑을 가기도 하고, 친구를 불러 홈 파티를 하거나. 그런데 마이는 좀처럼 집에 없고, 있어도 잠만 자고."

사토코는 '즐거운 동거인'을 원했단 건가. 자신은 실격이었나. 마이코는 할 말을 잃었다.

"미안해. 심한 말을 해서. 나도 이런 말 하고 싶지 않았는데……실은 나, 남자 친구랑 같이 살기로 해서."

"어, 그래?"

사토코에게 애인이 있다는 것 정도는 어렴풋이 알아차리고 있었다. 잔업이 없을 텐데 귀가가 늦는 날이 늘었기 때문이다.

"그 사람이 마침 아파트를 재계약해야 해서. 지금 아파트, 옆집 소음이 심해. 그런 집을 재계약하느니 우리 집에 오면 좋겠다는 얘기가 돼서."

남자 친구와 살기로 했으니 동거를 해소하고 싶다는 요구 자체는 이해 못 할 것도 없었다. 그럼 그냥 그렇다고 얘기하지, 하고 마이코는 생각했다.

문제는 마이코가 일을 막 그만뒀다는 사실이었다. 앞으로의 생활이 어떻게 될지 모르는 시점에서 살 곳이 사라지는 건 곤란했다.

"재계약이 언젠데?"

마이코는 조심스럽게 물었다.

"다음 주 수요일. 그럼 그 사람이 이사를 와야 하니까, 그 전 토요일이나 일요일이 되겠지."

요컨대 금요일까지는 나가라는 말인가. 앞으로 이틀밖에 안 남았다.

"알았어."

마이코가 말했다. 도대체 뭘 알았다는 건가. 그와 살고 싶으니 나가달라는 요구가 정당하다고는 해도, 마이코도 다른 집을 찾아야 하는데, 한 달 정도의 여유는 두고 말해주는 게 상식 아닐까.

그의 아파트 재계약이 다가오는 바람에 급히 얘기가 진행된 거겠지. 저항해봤자 소용없었다. 반론한다고 결론이 바뀌는 것도 아니었다. 머릿속으로 그런 시뮬레이션을 한 후 내놓은 말이 '알았다'였다.

마이코는 머릿속으로 상대와의 대화를 시뮬레이션해서 멋대로 결론을 내리고, 실제로는 대화하지 않는 버릇이 있었다. 누구에게나 그런 점이 있을지 모르지만, 마이코는 어릴 때부터 그렇게 끝내는 경우가 많았다.

좀 더 사토코와 친하게 지냈으면 좋았을지 모른다. 그랬다면 갑자기 나가라고 하지는 않았을지 모른다. 일에 너무 매달리는 바람에, 사토코에게 남자가 생긴 듯 보였어도 마이코는 별다른 감정을 품지도, 함께 기뻐해주지도 않았다. 그런 행동이 이런 결과로 돌아온 걸까. 아니다, 그의 아파트 재계약 건을 생각하면 사토코와 아무리 친했다 해도 결과에는 변함이 없었을 것이다. 사토코는 여차 싶을 때는 우정보다 남자를 선택할 유형이었다.

마이코에게는 저금이 30만 엔 정도 있었다. 월급이 16만 엔 정도니 꽤 모았달까. 검약한 성과는 아니었다. 일이 너무 바빠 쓸 틈이 없었다. 최근 일 년 동안은 여행도 가지 못했고, 술자리에 참석한 것도 손에 꼽을 정도였다.

일단 서둘러 아파트를 찾자. 만약 찾지 못하면 당분간은 위클리 맨션이라도 이용해야겠다. 괜한 비용을 쓰게 되겠지만 사토코가 지원해줄 리 만무했다.

그런 생각을 하고 있는데 사토코가 말했다.

"그리고 이런 게 왔어."

그녀가 내민 건 우체국에서 보낸 '부재 통지'였다. '배달증명우편'이라는 곳에 동그라미가 그려져 있었다. 우체국 사람이 쓴 글자가 너무 형편없어 보낸 사람을 읽을 수는 없었지만 회사 이름 같았다.

그 당시 마이코는 집을 나가야 한다는 커다란 문제로 머리가 가득해 그 우편물에 정신을 쏟을 여유가 없었다.

다음 날 아침부터 마이코는 짐을 싸기 시작했다.

사토코가 무슨 생각에선지 휴가를 받아 도와주었다. 조금이라도 죄책감을 덜려는 걸까. 덕분에 작업은 척척 진행되었다.

보통 반년 정도 살면 짐도 나름 늘기 마련이다. 그러나 최근 일년 동안 마이코는 짐을 늘릴 일을 하나도 하지 않았다. 간단하니 좋구나, 생각하면서도 그 점이 조금 슬펐다.

마이코는 스마트폰으로 근처에 있는 위클리 맨션을 검색했다. 의외로 많았다. 빌리는 기간에 따라 일당 가격이 달랐는데, 반년 이상 빌리면 하루당 4천 엔을 밑돌았다. 하지만 일주일을 빌리면 하루당 5천 엔 정도가 되었다. 오래 있을 생각은 없으니 비싸게 빌리는 수밖에 없었다.

마이코는 짐들을 커다란 백에 담을 수 있을 만큼 담았다. 들어가지 않는 건 종이 박스에 넣었다가 좀 정리가 되면 찾으러 오기로 했다.

"괜찮겠어? 갈 곳은 있어?"

자기가 내쫓는 주제에 걱정스러운 얼굴로 사토코가 물었다. 마이코는 그 말을 선선히 받아들일 수 없었다. 일단 걱정해줬다는 알리바이가 필요한 거겠지.

"괜찮아. 일단 위클리 맨션에 살면서 일을 찾을 거야."

마이코가 일부러 감정을 싣지 않고 말했다.

"그래."

"그럼, 그동안 신세졌다."

현관에서 구두를 신으면서 마이코가 말했다.

"저기."

"응?"

"화난 거 아니지?"

"아니. 어쩔 수 없잖아."

"그렇지? 힘든 일 있으면 전화해."

"괜찮아. 또 보자."

반년 동안 동거했던 친구와의 이별은 놀라우리만치 담백했다.

밖으로 나오니 추적추적 비가 내리고 있었다.

마이코는 우산을 깜빡했다는 생각이 들긴 했지만 다시 돌아가는 것도 귀찮아 그대로 비를 맞으며 걸었다. 우산 없이도 그럭저럭 걸을 만한 비였다. 쫓겨났다는 비참한 심정에 비가 박차를 가했다. '괜찮아, 괜찮아.' 마이코는 조금 전 사토코에게 했던 말을 마음속으로 되풀이하면서 걸었다.

어떤 위클리 맨션으로 갈지는 이미 정했다. 역 너머 5분 정도 걸으면 있었는데, 역 바로 옆보다 조용해 좋을 듯했다. 중간에 우체국이 있어 부재 통지 우편물을 받으러 가기로 했다.

우체국에 도착해 입구에서 옷에 묻은 비를 털었다. 창구에 부재 통지를 보여주자, 직원은 잠깐 기다리라고 하고 안으로 들어갔다가 곧 봉투를 들고 왔다. 부재중 우편을 받으려면 신분을 증명할 필요가 있었다. 마이코는 운전면허증이 없어 건강보험증을 창구에 내밀었다.

다만 회사를 그만뒀기 때문에 이 보험증은 이제 효과가 없으리라. 일반 국민건강보험을 다시 들어야 하지만 아직 수속을 하지 않았다. 지난 며칠 사이 해놓을 걸 조금 후회가 되었다. 조금 불안했지만, 창구 직원은 마이코가 내민 보험증을 슬쩍 보고는 다시 돌려줬다.

마이코는 무사히 봉투를 받아 우체국 안 벤치에 앉아 열었다. 봉투 안 종이에는 가장 위쪽에 '지불 독촉장'이라고 되어 있었고, 그 아래 본문에는 '연대보증'이라는 문자가 보였다. 읽어 내려가는 중에 얼굴에서 핏기가 사라졌다. 앉아 있었으니 망정이지 서 있었다면 그 자리에 주저앉았을지도 모른다.

아무리 읽어봐도 마찬가지였다. 거기에는 마이코가 어머니의 연대보증인이라는 사실과 본문 끝에 '내용증명'이라는 글자가 박힌 스탬프가 찍혀 있었다. 내용증명이라는 말을 들어본 적은 있지만 뭔지는 몰랐다.

금액 130만 엔.

물론 마이코는 자신이 연대보증을 한 기억이 전혀 없으니 130만 엔이나 갚을 이유가 없었다. 그러나 차용증에는 '연대보증인 다치바나 마이코'라는 서명 날인과 함께 인감증명서도 첨부되어 있다고 적혀 있었다.

순간 어떻게 마이코의 주소를 알았는지 이상하게 생각했다가 주민표를 옮긴 일이 떠올랐다. 괜한 일을 하지 말았어야 했다.

"아직도, 아직도, 아직도."

마이코는 수없이 중얼거렸다.

"또 그 여자야."

어머니 마스미가 멋대로 마이코를 보증인으로 세운 것이다.

마이코는 전에도 마스미 때문에 지긋지긋하게 피해를 입었다. 이제 연을 끊을 작정이었다. 두 번 다시 만나지 않겠다고 생각했다. 그런데 상대가 이런 식으로 관계를 요구하다니. 그 여자가 늘 하는 방식이었다.

그건 그렇고 본인 승낙도 없이 연대보증인이 될 수 있나.

마이코는 일단 스마트폰으로 검색해봤다. '연대보증인', '멋대로'라고 입력하니 "나도 모르는 사이에 연대보증인이 되었습니다. 어떻게 하면 좋을까요?"라는 Q&A 사이트 게시판 글이 여러 개 검색되었다. 일반인이 질문하고 다른 일반인이 그에 답하는 사이트였다. 어떤 키워드로 검색해도 이런 종류의 Q&A 사이트가 가장 먼저 나왔다.

몇 개의 해답을 본 결과, 인감만 있으면 맘대로 보증인으로 세울 수 있었다. "도장을 파서 인감증명과 함께 제출하면 그만"이라고 적은 회답이 눈에 들어왔다.

그건 그렇고 자기처럼 가난한 사람에게서 얼마나 받아낼 수 있겠는가. 연대보증인이 돈을 얼마나 가지고 있는지는 문제가 되지 않는 걸까. 상대가 마이코의 경제 상태를 알았다면 "이런 가난뱅이를 보증인으로 세워봤자 소용없다"고 말했을 것이다.

앞으로 어떻게 하지? 야쿠자 같은 남자가 나타나 "성인업소에서 일해 갚아!"라고 말하는 장면이 떠올랐다.

그러나 마이코는 마스미의 희생양이 되는 것만은 사절이었다. 이런 경우 자기 파산을 신청하면 된다는 말을 들은 적이 있었다. 맞다. 마이코는 지켜야 할 신용도 없으니 여차 싶으면 자기 파산을 신청하자. 그 여자를 위해 성인업소 같은 데서 일할 순 없었다.

마이코는 그런 생각을 하면서 우체국 벤치에서 일어났다. 밖으로 나오자 비가 그쳐 있었다.

미리 정해놓은 위클리 맨션은 바로 찾을 수 있었다. 일주일 정도 계약하고 4만 엔 남짓한 돈을 지불했다. 방은 살풍경했지만 침대와 TV, 냉장고 같은 게 있었고, 인터넷 와이파이도 잡혔다. 당분간 사는 데는 지장이 없다.

원래대로라면 다소의 해방감에 앞으로의 희망도 있었을 것이다. 그러나 연대보증인 건으로 불안 가득한 상태에 쫓기고 말았다.

그날 밤, 마이코는 마스미에 대한 분노 때문인지 좀처럼 잠들지 못했다.

다음 날 아침에 일어나 보니 스마트폰으로 부재중 통화가 와 있었다.

"아사히 파이낸스입니다. 연대보증 일로 만나고 싶은데 전화 주세요."

우편물을 확인한 다음 날 전화를 주다니 일처리가 보통 빠른 게 아니구나 생각했는데, 잘 생각해보니 그 부재 통지가 도착한 건 며칠 전이었다. 상대방 입장에서는 기다리다 못해 전화했을지도 모른다. 그 여자가 전화번호를 알려준 게 분명했다. 번호를 바꿨어야 했다.

그와 동시에 마이코는 망설였다. 이대로 그냥 놔둘까. 어차피 갚을 돈도 없었다.

그런 생각을 하면서도 마이코는 부재중 번호로 전화를 걸었다. 어머니가 맘대로 연대보증인으로 세웠다는 것, 갚으라고 해도 실업 중이라 돈이 없다는 걸 설명하는 편이 낫다고 생각했던 것이다.

전화를 받은 남자는 세상물정을 잘 안다는 듯 "그래요? 정말 큰일이네요"라고 동정했다.

"알겠습니다. 일단 지금 설명하신 걸 직접 만나 듣고 싶은데 괜찮겠습니까? 서류상의 일도 있으니까……."

남자는 근처 카페로 오라고 했다. 마이코는 만나기로 했다. 새로운 생활을 시작하기 위해서도 이 건은 빨리 처리하고 싶었다. 그냥 모른 척했다가는 내내 그 여자의 그림자에 쫓기는 신세가 된다. 그걸 뿌리치고 싶었다.

마이코는 오전 내내 방에서 인터넷으로 취업 사이트를 살폈다. 응모해볼까 하는 회사가 몇 개 있어 조금 긍정적인 기분이 되었다.

정오가 지나 지정된 카페로 향했다. 역 앞에 있는 카페였다. 전화 목소리에서 받은 인상으로 양복에 안경 쓴 남자를 찾았는데, 그런 남자는 없었다.

"다치바나 마이코 씨죠."

갑자기 뒤에서 목소리가 들려 마이코는 깜짝 놀라 돌아봤다. 딱딱한 얼굴에 덩치 큰 남자가 서 있었다.

"이리로 오세요."

남자는 마이코에게 자리를 내주었다. 마이코가 앉자, 근처 테이블에 있던 또 다른 남자가 재빨리 이동해 마이코의 옆 통로 쪽에 앉았다. 그 사람은 조금 몸집이 작았다. 마이코는 그 남자에게 막혀 바로 일어날 수 없는 상태가 되었다. 처음에 본 남자는 천천히 다가와 마이코의 건너편에 앉았다. 두 사람 다 양복을 입고 있었는데, 평범한 샐러리맨과는 어딘가 분위기가 달랐다.

덩치 큰 남자가 명함을 내밀며 엔도라고 이름을 댔다. 옆에 앉은 몸집이 작은 남자는 침묵을 지킨 채 이름을 밝히지 않았다. 엔도는 마이코에게 법률상 상환 의무가 있음을 되풀이해 설명했다. 마이코는 어머니가 맘대로 한 짓이라 자신은 모른다고 말했다.

"그렇군요. 그거 정말 곤란하게 됐네요. 하지만 친어머니 아닙니까? 가령 보증인이 아니더라도 얼마 정도는 상환을 돕는 게 도리 아닐까요?"

평범한 모녀지간이라면 그렇겠지. 그러나 마이코는 그 여자를 위해서는 단돈 1엔도 내놓고 싶지 않았다.

"적어도 만 엔이라도 갚으실 수 있으면."

엔도가 말했다.

"예? 만 엔이면 되나요?"

"저희 입장에서는 금액은 상관없습니다. 그저 상환하는 형태만 보여주면 되니까요."

만 엔이라면……. 마이코의 마음이 움직였다. 그걸로 그 여자의 저주에서 풀려날 수만 있다면 아주 싼값이었다.

"알겠습니다. 정말 만 엔이면 되죠."

"그렇습니다."

마이코는 지갑에서 만 엔짜리 지폐를 꺼내 건넸다. 엔도는 그걸 받아 가방에 넣었다. 이제 돌아가야겠다고 생각했을 때 엔도가 말했다.

"그럼 다음 상환에 대한 겁니다만."

"예?!"

방금 만 엔으로 끝난다고 하지 않나?

"그러니까 만 엔……."

"아, 지금 만 엔을 상환함으로써 무권대리행위를 추인하셨습니다."

"무슨 소리죠?"

"그러니까 채무가 있음을 인정하셨다는 겁니다. 청구된 전액의 상환 의무가 생긴 겁니다."

마이코는 경악했다. 아무래도 덫에 걸린 것 같았다. 처음부터 그럴 계획이었으리라.

"하, 하지만 130만 엔이나 되는 돈은 없어요."

"129만 엔입니다. 방금 만 엔을 갚았으니까요."

"어쨌든 없어요."

"얼마면 있을까?"

어느새 엔도는 반말이 되었다.

은행계좌에 있는 건 26만 엔이다. 위클리 맨션 비용을 지불해 조금 줄었다.

"10만 엔 정도……."

마이코는 순간적으로 적은 돈을 중얼거렸다.

"있네."

엔도가 낮은 소리로 말했다. 야쿠자 같은 샐러리맨이다. 아니면 샐러리맨 같은 야쿠자일까.

"사실은 좀 더 있는 거 아니야? 응?"

엔도가 날선 소리로 따졌다.

"아니……, 없어요."

마이코의 목소리가 저절로 떨렸다. 만약 거짓말탐지기라도 썼다면 당장 들통났을 것이다.

결과적으로 마이코는 추가로 20만 엔을 내기로 했다.

20만 엔을 내면 130만 엔은 없던 걸로 해주겠다는 것이다. 더 이상 마이코에게 뜯어내는 건 무리라고 판단했으리라. 자기 파산이라는 방법도 있지만, 그러면 다양한 권리를 잃게 되니 얼마라도 지불하고 끝내는 게 낫다고 했다. 어디까지가 사실인지는 모르겠으나, 그들 앞에서 스마트폰으로 검색할 수도 없어서 결국 20만 엔에 손을 털기로 했다.

마이코는 바로 옆 편의점으로 가서 20만 엔을 찾았다. 몸집이 작은 쪽이 마이코의 뒤를 따라왔다. 물론 도망치지 못하게 하기 위해서다. 남자는 한마디도 하지 않고 마이코의 옆에 붙어 있었다.

카페에서 기다리던 엔도는 돈을 받고 "그럼" 하며 미소를 짓고는 커피값을 치르고 돌아갔다. 몸집이 작은 남자도 그 뒤를 따랐다.

마이코는 어처구니없이 끝났다는 사실에 넋을 놓은 채 식어버린 남은 커피를 마셨다. 아까 돈 찾을 때 나온 영수증을 보니 잔고는 3만 엔 정도뿐이었다. 6만 엔은 남아 있을 거라고 생각했는데, 지난달 쓴 카드값이 빠져나갔던 것이다.

마이코는 착 가라앉은 기분과 안도가 뒤섞인 상태에서 위클리 맨션으로 돌아갔다.

정말 그 돈을 지불해야 하는 의무가 있었는지는 모르겠다. 아는 변호사라도 있으면 바로 전화해 상담해보겠지만 그런 사람도 없었다. 마이코는 돈을 지불함으로써 그 상황에서 벗어난 것이다.

마이코는 앞으로의 생활을 다시 시작하기 위한 얼마 안 되는 자금을 순식간에 잃고 말았다. 이것도 다 그 여자 탓이다. 그러나 그 여자를 미워하는 데 시간을 낭비하고 싶지 않았다.

잊자. 이번에야말로 그 여자와 연을 끊자.

마이코는 최대한 앞으로의 일을 생각하려고 했다. 이번에는 어떤 일을 할까. 아마도 지난 1년간의 경험은 그냥 버려지지 않으리라. 무엇보다 아무리 힘든 일이라도 AD 일보다는 편할 테니까. 이 점은 마이코에게 플러스로 작용할 게 분명했다.

지금 가진 돈으로 살 수 있는 건 겨우 일주일.

일주일이면……, 아니 내일부터는 주말이라 구직 활동을 할 수 없다. 실질적으로 5일이라는 소리였다. 하지만 인터넷으로 직장을 찾는 일은 주말에도 가능했다. 내일과 모레까지 후보를 정하고 이력서를 쓰고……

　그런 생각을 하다가 마이코는 어느새 위클리 맨션의 딱딱한 침대 위에서 곯아떨어졌다.

3. 난민이 도달하는 곳

마이코는 시부야의 하치공 동상 앞 광장에 왔다.

여행객처럼 보이는 많은 외국인들이 사진을 찍고 있었다. 이 장소는 어느새 현대 일본을 상징하는 풍경이 된 모양이다. 왠지는 모르지만 유독 백인 관광객들이 사진을 찍고 있었다. 이 풍경에 그들의 심금을 울리는 무언가가 있나.

마이코도 스마트폰을 들고 있었지만 사진을 찍기 위해서가 아니었다. '시부야 인터넷 카페'를 검색하고 있었다.

스마트폰에 바로 많은 카페들이 나타났다. 요금과 서비스에는 거의 차이가 없을 듯했다. 검색 화면 위쪽에 나온 세 군데 사이트를 보고 가게가 새거고 깨끗해 보이는 곳에 가기로 했다.

엔도에게 남은 돈을 다 주고 일주일이 지났다. 오늘로 일주일이라는 기한이 끝나 위클리 맨션 방을 나왔다. 일단 안정을 취할 장소를 찾은 결과 도달한 곳이 인터넷 카페였다.

마이코는 하치공 앞 광장에서 스크램블 교차로를 건너 인터넷 카페로 향했다. 몇 분 만에 '네트마니아'에 도착했다. 1층에 게임 센터가 있는 빌딩의 5층이었다. 1층 안내판을 보니 다른 층에는 선술집이나 뷰티살롱 등 다양한 업종의 가게가 들어와 있었다. 엘리베이터에서 내리자 바로 눈앞에 접수대가 보였다. 한 층을 전부 이 가게가 쓰는 모양이다. 접수대에는 아무리 봐도 아르바이트로 보이는 젊은이가 있었다.

　"어서 오세요. 코스는 정하셨습니까?"

　"아니, 처음이라……."

　아르바이트 직원은 코스 설명을 요령 있게 해나갔다. 아르바이트 교육을 잘 시키는 모양이다. 나이트 패키지가 1880엔으로, 10시간 동안 머물 수 있었다. 밤 10시에 들어가면 다음 날 아침 8시까지라는 소리다. 캡슐 호텔보다 싸다. 물론 위클리 맨션보다도 훨씬 싸다. 가진 돈이 바닥을 치고 있는 마이코에게는 고마울 따름이었다.

　회원증을 만들어야 해서 신분증을 보여줘야만 했다. 마이코는 사토코의 맨션 주소를 적고, 자격이 사라진 건강보험증을 내밀었다. 여기서도 뭐라고 하는 사람은 없었다.

　이 가게에는 '레이디 룸'이 있었다. 한 모퉁이가 여성 전용인 모양이다. 요금이 같아서 그곳을 선택했다.

　마이코는 전표 낀 바인더를 받고 가게 안으로 들어갔다. 좁은 통로 양쪽에 개인실이 늘어서 있었다. 전표에 있는 번호가 붙은 방을 발견하고 안으로 들어갔다. 옆방 사이의 벽이 마이코의 키보다 낮아 바로 들여다볼 염려가 있어 마음이 불편했다. 레이디 룸을 고르길 잘했다.

안은 다다미 한 장 크기의 넓이로 검은 비닐 쿠션이 깔려 있었다. 안쪽 선반에는 낡은 컴퓨터가 놓여 있었다. 앉아보니 몸집이 작은 마이코는 몸을 뻗고 잘 수 있는 넓이였다.

짐을 내리고 어느 정도 마음을 가라앉힌 마이코는 지갑에서 내용물을 꺼냈다. 2만 3천 엔과 동전. 이것이 제로가 되기 전에 새로운 일을 찾아 다시 생활을 시작해야 한다. 이제 슬슬 추워지는 계절이 되었는데 가게 안은 아직 난방이 되지 않아 추웠다.

마이코는 기분이나 전환하려고 개인실을 나와 접수대 옆 무료 드링크 코너에서 커피를 탔다. 주위에 손님이 몇 명 있었다. 모두 말없이 만화책을 찾거나 음료수를 받고 있었다.

한밤중 이 가게 안의 사람들을 보니 모두 어딘가 피곤해 보였다. 돈이 있는 사람은 택시를 타고 집에 간다. 밤중에 여기 있는 사람은 금전적으로 여유가 없거나 마이코처럼 돌아갈 장소 자체가 없는 사람일 것이다.

이전에도 밤중에 일이 끝나면 도요TV 근처 인터넷 카페를 이용한 적이 있었다. 집에 돌아가는 시간이 아깝다기보다는 돌아갈 기력이 없었다는 게 정확할 것이다. 마이코는 그때 개인실에서 느꼈던 감각을 기억해냈다. 일에 쫓기던 마음이 해방되던 편안함. 그리고 내일 아침까지는 다음 일이 시작되지 않는다는 순간의 모라

토리엄이 주는 안도.

다만 지금은 그때와는 다르다. 아침까지 안식처가 확보되었다는 안도감은 컸지만, 그 안도감은 빨리 일을 찾아야만 한다는 초조함에 밀려 사라졌다.

마이코는 지난 일주일 동안 일을 찾지 못했다. 인터넷으로 몇 개의 회사를 정해 응모했지만 성과가 없었다.

보통 정규직 사원이 되려면 구인 광고를 보고 이력서를 보낸 뒤, 서류심사에 통과했다는 연락을 받으면 면접 날짜를 정하고 실제 면접을 본다. 그리고 합격 여부의 연락을 기다린다. 아무리 짧아도 일주일, 보통은 이삼 주가 걸린다. 월요일에 응모해 금요일에 일을 시작하는 직장은 거의 없다.

사는 집이 있고, 당분간 생활할 수 있는 저금이 있다면 그래도 문제는 없을 것이다. 그러나 가진 돈이 2만 3천 엔밖에 없는 마이코는 며칠 안에 일을 결정해야 했다. 하지만 취직에 박차가 가해져 턱 정해진다고 해도 급료를 받으려면 한 달은 기다려야 한다. 그때까지는 어떻게 생활하지? 회사라는 곳에서 쉽게 가불이 될까?

정해진 주소가 없다는 문제도 있었다.

주소가 불명확한 사람을 고용해줄까. 사토코의 집 주소를 적을 수는 있다. 그러나 거기에 사는지 아닌지를 확인하지 않고 그냥 넘어갈까. 주소지와 저금이 없는 사람이 일과 살 곳을 찾는 게 이렇게 어려운 일인지 생각도 못 했다.

마이코는 처음에는 편집 일을 찾았다. 창조적인 일이면서도 밖으로 돌아다니기보다 실내에 가만히 있는 게 좋다고 생각했다. 종이 매체든 인터넷이든 상관없었다.

그러나 경험도 없는 사람이 닿기에 얼마나 어려운 일인지 알게 되자, 방침을 전환할 수밖에 없었다. 그러느라 이틀을 소비했다.

이어서 마이코는 다시 파견 일로 돌아갈까 생각했다. 그러나 파견사원 모집에서 '급구'는 대체로 기술이나 자격증 소지자를 대상으로 하는 경우가 많아, 마이코처럼 일반 업무밖에 하지 못하는 사람은 파견처가 정해질 때까지 상당히 기다려야만 하는 게 현실이었다. 어쩔 수 없이 마이코는 파견으로 돌아간다는 선택지도 포기할 수밖에 없었다.

다음에는 고용안정센터에 가볼까 생각했다. 하지만 그곳에 가면 주소지가 없다는 사실을 솔직하게 얘기해야 한다고 인터넷에서 읽었다. 처음부터 불리한 싸움을 강요받는 것이다. 그걸 안 시점에서 포기했다.

이렇게 실제로 한 번도 면접에 불려 가지 못한 채 일주일이 지나버렸다. 더 이상 위클리 맨션에서 돈을 낭비하는 건 무모했다. 좀 더 싸게 잘 수 있는 곳이 없을까 생각하니 인터넷 카페밖에 남아 있지 않았다.

마이코는 가게 책장에서 만화책을 찾았다. 조금이라도 기분이 밝아질 만한 걸 찾자.

하지만 왠지 『사금융 우시지마 군』이나 『나니와 금융도』 같은 사회의 어두운 면을 그린 만화만 눈에 들어왔다. 적어도 지금의 삶에서 벗어날 힌트를 찾고자 『사금융 우시지마 군』을 몇 권쯤 읽었지만, 특별히 얻은 것도 없이 어느새 잠들었다.

마이코는 오늘 아침도 인터넷 카펫 개인실에서 눈을 떴다. 아침 공기는 점점 차가워지고 있었다. 이 가게에 온 지 벌써 두 주가 지났다.

늘 가게를 지키는 점원과 "좋은 아침입니다" 하고 인사를 나누었다.

"잘 주무셨어요?"

"추워서."

"죄송합니다. 난방을 넣도록 윗사람에게 말하겠습니다."

"고맙습니다."

명찰로 이 점원의 이름이 '테이'라는 사실을 알았다. 중국인일까. 그가 야근을 하는 경우가 많은 탓인지 자주 얼굴을 마주쳤다. 그는 싹싹한 청년으로, 마이코가 가방 손잡이가 부서져 곤란해하는 걸 보고 순간접착제를 빌려준 적도 있었다. 단골손님에게는 최대한 친절하게 대하라고 배웠는지도 모르겠다. 그는 지금의 마이코에게 있어서 유일하게 인간답게 대화할 수 있는 상대였다.

마이코는 이 네트마니아가 완전히 거주지가 되었다. 그냥 되는 대로 근처 다른 가게도 묵어봤는데 냄새가 심했다. 중년 남성 냄새가 지독했다. 네트마니아는 그렇지 않았다. 고객층이 달라서일까, 아니면 강력한 공기청정기라도 가동하는 걸까.

마이코는 드링크 코너에서 커피를 타고 120엔짜리 크림빵을 접수대에서 사 개인실로 돌아와 먹었다. 이것이 늘 먹는 아침 식사였다. 가진 돈은 이제 5천 엔 정도로 줄었다. 상당히 심각한 상황이었다. 이제부터는 좀 더 절약하지 않으면…….

마이코는 아침 식사를 마치고 가게를 체크아웃했다. 나이트 패키지는 아침까지여서 하루 종일 밖에서 지내야 했다. 그사이 짐을 가게에 둘 수 없어 물품 보관함을 이용했다. 물품 보관함은 여행객들이 짐을 맡기기 위해 있는 거라고 생각했는데, 실제로는 마이코처럼 사용하는 사람이 많은 듯했다. 평소 물품 보관함이 어째서 이렇게 차 있는지 이상했는데, 낮 동안 짐을 둘 '거주지'로 사용하는 사람이 많은지도 모르겠다.

마이코는 셀프서비스 카페에 들어가 커피를 마시면서 인터넷으로 일을 찾았다.

인터넷 카페에 살게 되면서 일을 찾는 데 벽은 더 높아졌다. 스무 개 정도의 회사에 이력서를 냈지만 면접까지 간 건 달랑 네 개뿐. 게다가 모두 불합격했다.

면접에서는 "전의 일을 왜 그만두었나?"라는 질문을 꼭 받았다. 처음에는 일이 너무 힘들었기 때문이라고 솔직하게 대답했다. 두 개 회사에서 떨어진 후 그 답이 틀렸던 게 아닐까 생각했다. 확실히 "나는 힘든 일이면 바로 앓는 소리를 하고 그만두는 사람"이라고 말하는 인간을 고용하고 싶은 회사는 없을 것이다. 그 후 다른 두 회사에는 자신이 하고 싶은 방향과 달랐기 때문이라고 대답했다. 그래도 역시 떨어졌다. 자신의 희망과 다른 일을 시키면 바로 그만두는 인간으로 여겨졌기 때문일까, 아니면 다른 이유가 있었을까.

　이러고 있는 동안에 가진 돈이 조금씩 줄어들었다. 지갑 속이 3천 엔을 밑돌자 불안은 더욱 커졌다. 오늘 식비와 밤에 잘 인터넷 카페 요금을 빼면 제로가 된다. 앞으로의 일보다 하루하루를 어떻게 넘길지가 문제가 된다.

　취직자리나 찾고 있을 때가 아니라 일용직 아르바이트를 구하는 수밖에 없었다.

　'아르바이트', '일용직'으로 검색했다. 그러자 휴지 돌리기가 마이코 같은 젊은 여성에게 적합하다는 사실을 알았다.

　시부야에서도 휴지 돌리는 일을 모집하는 곳은 몇 군데 있었다. 일용직도 있고 고정적으로 매일 일할 수 있는 곳도 있었다. 일용직의 경우, 일하고 싶은 날 아침에 사무소에 가 그 자리에서 접수한다. 그리고 그날 분의 휴지를 받아 지시받은 장소에서 나눠주는 것이다. 일하고 싶은 날에 가 바로 일할 수 있다는 점이 편리하다.

　마이코는 바로 '켄아도'라는 이름의 회사로 갔다. 시부야 외곽 잡거빌딩에 있는 작은 방이었다. 아직 서른 전으로 보이는 활발한 느낌의 사장과 화장이 화려한 사무원 둘이 운영하고 있었다. 아마도 이 사장의 이름이 '켄'인 모양이었다. 사무용 책상이 달랑 두 개뿐인 살풍경한 사무소에는 방 한쪽에 휴지가 든 박스가 잔뜩 쌓여 있었다.

　생각대로 엄격한 신분 확인은 없어서 사토코의 주소를 적은 이력서로 바로 채용되었다. 사장은 마이코의 이력서에 적힌 TV AD

라는 전력에 흥미를 느낀 듯했다.

"어떤 일이야? 연예인과 만났어?"

사장은 이런저런 질문을 했지만 마이코는 대충 대답했다.

사장의 설명을 듣고 이 일에는 단점도 있다는 걸 깨달았다. 일을 하려면 아침 정해진 시간에 가야만 한다. 그리고 주어진 휴지를 다 돌리기 전까지는 일에서 벗어날 수 없다. 즉 직장 면접을 가야 하는 날에는 이 아르바이트를 할 수 없다.

아르바이트를 쉬고 간 면접에서 채용되지 못하면 그야말로 하루를 낭비하는 셈이 된다. 그러면 채용 가능성이 낮은 면접은 처음부터 가지 않게 되고 만다.

실제로 마이코는 이 일을 시작한 후 두 회사의 면접을 취소해버렸다. 취직될 때까지만 하는 아르바이트인데, 그 아르바이트를 위해 면접을 취소하는 건 주객이 전도된 듯하지만 어쩔 수가 없다. 오늘을 살아갈 식량을 우선시하는 수밖에 없었다.

이거, 혹시 빈익빈의 고리가 아닐까, 하는 생각에 마이코는 풋하고 웃어버리고 말았다.

구직 활동이 제대로 이루어지지 않는 것과 반비례로, 인터넷 카페에서 자며 일용직 아르바이트를 하는 삶에는 점점 익숙해졌다.

인터넷 카페에서 밥을 먹으면 조금 비싸기도 하고 영양도 불균형해진다. 그래서 인터넷으로 거리에서 조금 벗어난 싸구려 밥집을 찾아내 저녁은 가능한 그곳에서 먹었다. 그리고 편의점에서 두유와 요구르트를 사 부족한 영양을 보충했다.

AD 일을 할 때 마이코는 거의 건강에 신경을 쓰지 않았다. 너무 바빠 그런 것까지 돌아볼 여유가 없었다.

지금은 시간이 남아돌아 오히려 건강에 관심을 기울이는 생활이 되었다. 게다가 지금의 마이코에게는 건강보험이 없었다. 병이라도 걸리면 큰일이다.

목욕은 인터넷 카페 코인 샤워로 해결했다. 백 엔에 10분간 더운 물이 나오는 방식이다. 10분이 지나면 가차 없이 더운 물이 끊기기 때문에 재빨리 씻어야 한다. 보디 샴푸로 몸을 닦고 샴푸로 머리를 다 감은 다음, 한 번에 온몸을 더운 물로 씻어내는 게 효율적이라는 사실을 알았다. 샤워실은 좁고 바닥이 살짝 미끄러웠지만, 마이코는 그런 데 조금 둔해 불쾌하진 않았다. 다만 이런 일에 조금씩 익숙해지는 자신이 한심했다.

그런 매일이 계속되던 어느 날, 마이코는 아침잠을 깨기 위해 커피를 마시려고 인터넷 카페의 드링크 코너로 갔다. 어떤 남자가 자신의 보온병에 뜨거운 커피를 따르고 있었다. 일하는 낮 동안 마실 생각인 듯했다. 사실은 그러면 안 되지만 밖에서 커피 살 돈을 절약할 수 있다. 마이코도 저렇게 해야겠다고 생각했다.

가게를 나와 엘리베이터를 타는데, 조금 전 보온병에 커피를 따르던 남자와 함께 타게 되었다. 처음으로 남자의 얼굴을 제대로 봤다. 처량한 느낌의 중년 남자였다. 얼굴이 동그란 것이 몽타주를 그리기 쉬운 얼굴이었다. 몇 번인가 이 가게에서 봤던 것도 같다. 아마도 마이코와 마찬가지로 여기서 숙박하고 있을 것이다.

빌딩을 나오자 남자는 역 쪽으로 걸어갔다. 마이코는 멍하니 남자의 뒷모습을 보면서 중년이 되어 인터넷 카페를 거주지로 삼고 있는 그의 신상을 상상했다.

회사가 도산했을까. 그러나 직업이 사라졌다고 바로 인터넷 카페 난민이 되진 않는다. 인터넷 카페 난민이 되는 데는 실업을 해도 바로 다음 일을 찾을 만한 기술이 없고, 한동안 생활하는 데 곤란하지 않을 정도의 저금도 없으며, 한동안 재워줄 친구도, 의지할 친형제도 없다는 조건을 다 충족시켜야만 한다. 이 조건을 다 갖추지 못하면 인터넷 카페 난민은 될 수 없다.

안 좋은 의미로 '선택된' 사람이다.

젊은이라면 모를까, 저 정도 나이가 되었는데도 업무 기술도 없고 저축도 없는 건 어떤 인생일까. 마이코는 남 얘기할 처지가 아니었지만 아직 젊다는 것만으로도 저 중년 남자보다는 낫다고 생각했다.

아직 휴지 돌리는 일을 하기까지 한 시간 정도가 남아서 마이코는 카페에 들어가 스마트폰으로 일을 찾았다. 이것이 요즘 하루 일과였다.

변함없이 이거다 싶은 자리는 찾지 못했다. 최근에는 거의 기대 없이, 찾는 시늉만 하고 있었다. 도대체 누구에게 보여주기 위한 시늉일까. 마이코는 그러다 질리면 스마트폰으로 트위터를 켜 글을 적기 시작했다.

"오늘 아침, 인터넷 카페 드링크 코너에서 보온병에 커피를 넣어 가지고 가는 사람을 발견했다. 사실 그러면 안 되지만, 이 가게에서는 묵인하는 것 같다. 인터넷 카페 난민의 생활의 지혜!"

최근 마이코는 트위터를 재개했다. 전부터 계정을 가지고 있었지만 AD 시절에는 너무 바빠 글을 쓸 시간도, 다른 사람이 쓴 글을 볼 여유도 없었다. 계정 이름은 '이코마'였다. '마이코'의 이름 순서를 이리저리 뒤집은 간단한 이름이었는데, 어차피 누가 볼 거라고 생각하지 않았다.

인터넷 카페에서 지내게 된 지 얼마 안 된 어느 날 밤, 개인실에서 시간을 보내다 문득 생각나 오랜만에 트위터를 열어보았다. 전에 등록한 게시물은 작년 가을의 1년도 더 된, AD로 옮기기 전의 글이었다. 오랜만에 파견 친구들과 식사를 하러 갔는데, 양고기가 맛있어서 그 사진을 올렸었다. 트위터를 시작하고 불과 20건에 해당하는 기록이었다. 아무도 '리트윗'이나 '좋아요'를 누르지 않았다. 대부분 '비활성' 상태였다.

일본인은 트위터를 이용하는 사람이 다른 나라에 비해 많아 4천만 명에 달한다고 한다. 그러나 계정만 열어놓고 거의 사용하지 않는 사람도 상당하다. 쓰는 일이 거의 없는 데다, 써봤자 보는 사람이 없으니 관심이 없어지는 것이다.

마이코는 지금은 쓸 일이 얼마든지 있다는 걸 깨달았다. 돈은 없지만 소재는 있다. 그래서 계정을 하나 더 만들기로 했다. 이전 계정은 얼마 안 되긴 하지만 지인들이 팔로우를 하고 있어 지금 생활을 알리고 싶지 않았다.

새로운 계정도 너무 쉽긴 하지만 '이코마2'로 했다. 이 계정 역시 아무도 보지 않을 것이다. 대부분 나만을 위한 일기 같은 거였다. 그렇다고 일기를 쓴 적은 없다. 어릴 때 쓰긴 했지만 대부분 작심삼일로 끝났다.

그러나 지금 같은 생활을 하고 있으니, 마이코는 어쩐지 자신이 언제 무엇을 했는지 기록해두고 싶었다. 살아 있다는 증거가 필요했을까. 최근 자신의 존재가 언젠가 사라져버릴 것만 같은 불안감에 문득 사로잡힐 때가 있었다. 그런 탓인지 조금이라도 자신의 흔적을 남겨야겠다는 마음이었는지도 모른다. 이제까지 살면서 이런 마음이 든 건 처음이었다.

트위터는 익명으로 원하는 글을 기록한다. 그러나 AD를 하는 동안에는 틈이 없는 것 이상으로 뭐든 쓸 수 있는 자유가 없었다. 회사에서 "일과 관련된 건 인터넷에 써선 안 된다"고 했기 때문이다. 연예인의 험담 같은 걸 쓰면, 가령 익명이라도 그게 누군지 조사해 밝혀질 가능성이 있었다. 세상에는 그런 작업에 한없는 열정을 쏟아 반드시 성과를 내는 사람이 있는 법이다. 그럼 인터넷상에 순식간에 퍼진다. 이른바 화제가 되는 것이다.

물론 지금의 마이코에게 화제가 될 염려는 없다. 마이코가 익명으로 쓴다고 해도 아무도 보지 않을 테고, 화제가 될 만한 소재도 없었다.

트위터에 적는 내용들은 소소한 것들이었다.

"백화점 시식 코너는 시부야 ○○야를 추천. 메뉴가 풍부합니다."

"백엔숍은 정말 유용하다. 오늘은 보디 샴푸를 백 엔에 득템. 인터넷 카페 매점에서 리필용을 사는 것보다 저렴하다."

인터넷 카페에서 생활하며 처음으로 알게 된 것이 많았다. 이런 생활에서 얻은 정보들은 얼마든지 글의 소재가 된다.

"살 곳이 없으면 제대로 된 일에는 좀처럼 다가갈 수 없다. 오늘도 일용 휴지 돌리기. 일급은 6천 엔. 인터넷 카페 요금과 밥값을 하고 남은 돈은 2천 5백 엔. 조금씩 저축해서 방을 빌리는 수밖에 없다."

그런 불평 같은 얘기들을 인터넷에 적고 있으면 조금은 진지해지는 것도 같았다.

"오늘도 어제와 같은 하루. 언제까지 계속될까. 어제와 오늘은 같았다. 그럼 내일은?"

그런 살짝 부끄러운 시 같은 것도 있었다.

"여기다, 하고 나서는 행동력이 없는 나. 그냥저냥 흘려보내는 성격. 해야만 한다는 걸 알면서도 질질 끌고 있다" 같은 자기분석적인 글도 썼다.

그러나 아무리 자기분석을 한다고 해도 날마다 인터넷 카페 요금은 들어가고, 이 생활에서 빠져나갈 방도가 보이지 않았다.

이 무렵 마이코의 트위터는 아직 자기만족의 낙서에 불과했다.

4. 막다른 길의 사람들

그날도 마이코는 휴지를 돌리고 있었다.

휴지에 찍힌 광고는 날마다 달랐다. 이날 휴지에는 새로운 맨션의 모델하우스 광고가 들어 있었는데, 마이코는 그 광고를 찬찬히 본 적이 없었다. 인터넷 카페 난민인 자신에게 8천만 엔이 넘는 맨션은 아무 인연이 없는 존재였다.

켄아도에서는 1천 5백 장을 돌리면 6천 엔을 주는 시스템이다. 여섯 시간에 걸쳐 다 돌리면 시급 천 엔인 셈이다. 대체로 그 정도 시간이면 다 돌릴 거라는 계산이었을 것이다. 물론 돌리는 사람의 기술과 행인이 얼마나 되는지에 따라 필요한 시간은 달라진다.

상당히 익숙해졌다고 해도 마이코는 도무지 이 일이 좋아지지 않았다. 내내 서 있어서 다리가 아픈 건 당연한데, 그보다는 사람들의 냉담함이 더 깊이 다가왔다. 휴지만 내밀었을 뿐인데 대부분 받질 않았다. 휴지가 있어서 곤란할 사람은 없을 텐데, 왜 그토록 받지 않는 걸까.

돌이켜보면 마이코도 길을 걷다가 휴지를 받은 적이 있었다. 콧물이 나오는데 마침 휴지를 돌리고 있어 행운이라며 받았던 기억이 났다.

점심시간에 휴지를 더 채우기 위해 켄아도로 돌아왔다. 박스에 들어 있는 휴지를 종이봉투에 담았다. 마이코는 오전 목표치를 아직 달성하지 못했다. 6백 장이 목표였는데 아직 2백 장이나 남아 있었다. 게다가 더 보충해 종이봉투 두 개가 꽉 찼다. 저녁까지 끝낼 수 있을까.

옆에서는 여성 사무원이 묵묵히 일하고 있었다. 요즘은 보기 드문 금발로 머리를 염색했고 화장도 짙었다. 그리고 늘 갈라진 머리카락이나 손톱을 보고 있었다. 마이코와 나이는 비슷한 것 같은데 전혀 종류가 다른 여자였다. 그녀와 접촉하는 건, 하루를 마치고 수고했다는 마음에도 없는 인사를 하며 일당을 주고받을 때뿐이었다. 이 아이는 정직원일까, 아니면 아르바이트일까. 어쨌든 마이코보다 일당이 많겠지.

"앞으로는 추워져. 좀 더 두껍게 입는 게 좋아."

마이코가 사무실에서 나오려 할 때 뒤에서 누군가가 말했다.

돌아보니 한 남자가 서 있었다. 삼십대쯤 되려나. 키가 크고 머리를 짧게 깎았다. 얼핏 보기에는 스포츠맨처럼 보였다.

"이 일, 오래 하셨어요?"

마이코는 무시하고 넘어갈 수 없어서 제일 무난한 질문을 했다.

"1년 반인가."

"그래요?"

1년 반. 마이코는 흠칫했다.

이 일을 1년 반이나 계속할 수 있을까. 그렇게 생각했을 때 동시에 불가사의한 감정에 사로잡혔다. 마이코는 AD 일을 1년 했다. 육체적으로는 그쪽 일이 더 가혹했다. 그런 일을 일 년 넘게 해놓고 육체적으로 더 편한 휴지 돌리기는 안 된다고 생각하는 이유는 뭘까. 실은 AD 일에 보람을 느꼈기 때문일까. 아니, 설마. 마이코는 그런 생각을 하면서 엘리베이터를 탔다.

남자와의 대화는 그것으로 끝낼 생각이었다. 그런데 남자가 같이 엘리베이터를 탔다. 마이코는 원래 사람에 대한 경계심이 그리 강하지 않았다. "너는 외국에 가면 발가벗겨져 강간당할 거야." 친구에게 그런 말을 들은 적도 있었다. 스스로도 그렇게 생각한다. 그러나 집이라는 방벽이 없어진 지금은 약했던 경계심도 조금 강해진 듯하다. 이 남자와는 거리를 둬야겠다고 본능적으로 생각했다. 그러나 남자는 개의치 않고 마이코에게 말을 걸었다.

"주머니에 손을 넣고 다니는 녀석에게는 건네봤자 안 받아. 일단 손을 내놓고 있는 상대를 찾을 것. 여자라면 핸드백 끈에 이렇게 팔을 걸지? 그 앞에 쓱 내밀면 받을 확률이 높아. 그리고 상대의 눈은 보지 않는 게 좋아. 너무 무뚝뚝한 것도 안 되지만 너무 미소를 뿌려도 역효과야."

"왜 미소가 안 되나요?"

기어이 반응하고 말았다.

"내 경험상 그래. 아마도 너무 필사적인 느낌이 들어 주춤하는 게 아닐까."

"그런가요."

결국 남자와 대화를 나누게 되었다. 둘은 엘리베이터에서 내려 빌딩 밖으로 나왔다. 밖에는 비가 내리고 있었다. 비가 내리면 이 일은 할 수 없다. 자신도 젖지만, 그보다 우산을 드느라 손이 다 찬 사람은 휴지를 받지 않는다.

"이 비는 곧 그쳐. 어디서 시간을 보내자."

남자가 성큼성큼 걸어갔다. 마이코의 의사를 확인할 생각은 전혀 없는 듯했다. 이런 남자는 싫다. 거부하지 못해 따라가는 자신도 싫었다.

남자는 바로 근처에 있는 맥도날드로 들어갔다. 이곳 커피는 백 엔이다. 캔 커피보다 싸기 때문에 고마운 존재였다. 마이코는 남자가 사줄 것 같지 않아 커피값으로 백 엔을 냈다.

남자는 커피를 가지고 자리에 앉자 바로 얘기를 계속했다.

"저 사무소에서는 말이야, 젊은 여성이라든가 주부층이라든가, 휴지를 돌릴 타깃을 말하지? 그것까지 생각하고 휴지 내밀 상대를 고르면 절대 목표를 못 채워. 처음에는 받을지 말지만 생각해. 그렇게 받아주는 확률이 높아지고 성공 경험을 쌓은 후에 타깃을 생각하면 돼."

"아……."

마이코는 건성으로 대답하면서 듣고 있었다.

"외국인은 의외로 노릴 만해. 외국에는 휴지 돌리기 같은 게 없대. 공짜라는 생각에 받을 가능성이 높아. 전에 외국인 단체 중 하나한테 건넸는데, 자신도 달라고 몰려들어서 순식간에 30개를 해치웠어. 다음은 그렇지…… 우리처럼 가난해 보이는 녀석도 잘 받아. 휴지를 사지 않아도 되니까 받을 수 있을 때 받아두자고 생각하지."

"고맙습니다. 참고가 되겠어요."

나쁜 사람은 아닌 것 같은데 강요에 가까운 말투가 영 마음에 들지 않았다.

"잘 들어. 다치바나 마이코 군."

"네?!"

어떻게 이름을 알았지?

"조사해봤지. TV AD 일을 했지?"

조사를 당해 좋을 사람은 없으리라. 나쁜 사람은 아닌 것 같다던 생각을 철회했다. 어떻게 날 알지? 생각할 수 있는 건 켄아도의 사장뿐이었다.

"일단 나도 이름을 댈까? 나는 야마오카야."

"…… 안녕하세요."

어째서 이렇게 살고 있는지 묻고 싶었지만, 괜히 관심이 있는 걸로 받아들이면 성가셔 입을 다물었다.

"이렇게 보여도 잘나갔을 때가 있었어. BMW를 타고 시로카네의 맨션에 살았어. 아내는 아이 수험에 매달렸고."

너무나 완벽한 부자의 이미지를 떠드는 걸 보니 거짓말은 아닌 것 같았다.

"하지만 아내하고는 내 불륜으로 이혼했어. 재산분할로 상당히 뜯기고 아이 양육비도 물고."

"자녀는 부인 쪽으로?"

"어. 전혀 못 만나. 만나지도 못하는 아이의 양육비와 타지도 못하는 자동차 대출금도 지불했지. 운영하던 회사 경영도 기울고."

"양육비 같은 거 중지할 수 없나요?"

"무슨 그런 안일한 소리를. 최대한 뜯어가는 게 바로 이혼이야. 무엇보다 상대는 화가 나 있으니까. 절대 봐주질 않지."

그야 자업자득이 아닌가 하고 마이코는 생각했지만 이번에도 입을 다물었다.

"뭐, 이런 상황에서 재기할 수 있느냐 없느냐, 인간의 가치는 그걸로 결정되지만."

그때 근처 자리에 젊은 여자가 와 앉았다. 마이코의 눈이 자연스럽게 그 사람의 모습을 좇았다. 이유는 단순했다. 여자인 마이코가 봐도 저도 모르게 한숨을 쉴 정도로 미인이었던 것이다.

나이는 마이코와 비슷할까. 모델 같은 날씬한 체형에 이목구비도 또렷해 혼혈 같았다. 복장은 패스트패션 브랜드에서 산 것 같았는데, 저런 미인이 입으니까 고급스러워 보였다. 남자 친구를 기다리는 걸까. 마이코 일행과 마찬가지로 커피를 마셨는데, 마이코에게는 자신의 것보다 맛있게 보였다.

마이코는 자신보다 뛰어난 걸 솔직하게 인정하는 성격이다. "어차피 성형했겠지"라는 말로 대항 의식을 드러내지 않고, 그저 저런 모습으로 태어난 걸 부러워했다. 저렇게 태어나면 지금의 마이코처럼 고생할 일도 없으리라.

"저기 괜찮은 여자가 앉았지?"

야마오카가 낮은 소리로 말했다. 그의 눈에도 든 모양이었다.

"아, 예."

"저 녀석, 우리와 같은 일을 해."

"예?"

생각지도 못했다. 마이코는 그녀 옆에 놓인 종이봉투를 봤다. 확실히 봉투 입구에 같은 맨션의 모델하우스 휴지가 삐져나와 있었다.

"우리처럼 비를 피하려고 온 거야."

아무래도 맞는 것 같았다. 그건 그렇고 저런 여자가 왜 휴지나 돌리고 있을까. 마이코가 여자를 관찰하는데, 여자가 갑자기 모자를 쓰고 종이봉투를 들고 나갔다. 마이코와 야마오카가 뚫어져라 쳐다보는 걸 알아차렸을까. 창밖에는 비가 그쳐 있었다.

"왜 저렇게 예쁜 여자가 이런 일을 할까 생각했지?"

"예, 생각했어요."

"나도 그랬어. 하지만 말 걸기 힘든 태도라."

그건 충분히 이해가 되었다. 저렇게 아름다운 여자라면 당연히 능글맞게 접근하는 남자에게 진저리를 칠 게 뻔했다. 마이코보다 훨씬 경계심이 강할 것이다.

"이름은 야지마 히토미. 켄아도의 켄에게 들었어."

켄아도의 사장은 역시 이름이 켄인 모양이었다. 그건 그렇고 입이 참 가벼운 남자다.

"그런 이유로 자네를 정찰대장으로 임명한다."

"예?"

"같은 여자면 경계하지 않겠지. 일을 좀 가르쳐달라고 접근해 친해지라고. 이런저런 얘기를 듣고 와."

나보고 여자한테 작업거는 걸 도우라는 말인가.

"왜 그런 일을 해야 하죠?"

"사람에게는 호기심이라는 게 있잖아. 사람은 미지의 걸 발견하면 정체를 알고 싶어 하지. 태고 적부터 유전자에 새겨져 있어. 그 덕분에 인류는 이만큼 발전해왔지."

자신의 추잡한 관심을 유전자 탓으로 돌리고 있었다. 뭐, 그리 틀린 것 같진 않지만.

어딘가 미심쩍은 남자라고 생각했지만, 마이코는 오후 휴지 돌리기에서 야마오카의 조언을 염두에 두고 해봤다. 비결을 깨닫자 돌리는 움직임에도 리듬이 생겼다. 그러자 받는 사람도 늘어나는 선순환이 일어났다. AD 일을 할 때 나리타에게 많은 걸 배웠지만 이토록 즉시 효과를 본 적은 없었다.

마이코는 그날 평소보다 한 시간이나 일찍 휴지를 다 돌리고 켄아도에 돌아올 수 있었다. 마이코가 사무소로 들어가려는데 마침 히토미는 돌아가려던 참이었다. 마이코는 그녀를 보고 깜짝 놀란 표정을 지었을지도 모른다. 반면 히토미는 표정 변화 하나 없이 나갔다.

마이코는 그날 일당을 받고 오늘 저녁은 어떻게 할까 생각하며 엘리베이터를 탔다.

밖으로 나오자 먼저 나갔던 히토미가 서 있었다. 빌딩 앞 흡연 구역에서 담배를 피우고 있었다. 나도 모르게 "앗!" 하고 소리를 질렀다. 히토미는 의아한 표정으로 마이코를 봤다. 그대로 지나가는 게 더 이상한 것 같아 마이코는 말을 걸었다.

"같은 일이죠."

히토미는 '그게 뭐?'라는 얼굴로 끄덕였다.

"이 일, 오래 하셨어요?"

오늘 야마오카에게 물었던 것과 같은 질문이었다. 평범한 질문이지만 부자연스럽지는 않았으리라.

하지만 히토미는 질문과는 전혀 관계없는 말을 꺼냈다.

"당신이 무슨 생각하는지 맞춰볼까?"

"예?"

"이런 미인이 왜 가난하게 살까?"

히토미는 자신을 가리켜 미인이라고 했다. 미인의 사고회로인가. 마이코는 어이가 없기보다는 감탄했다.

"아름다운 여자에게는 남자가 얼마든지 있다. 부자 남자를 골라 사귀면 끝나는 일 아닐까. 그게 아니면 호스티스 클럽 같은 데서 아르바이트를 하면 돈은 얼마든지 벌 수 있지 않나, 이런 생각?"

히토미는 마이코의 생각을 하나도 틀림없이 재현했다. 마이코는 "네에" 하고 김빠진 대답만 할 뿐이었다.

"맞아요."

"사람에게는 저마다 사정이 있어. 말하고 싶지 않은 것도 있지. 그걸 갑자기 묻는 건 실례 아닐까?"

"갑자기 물은 적 없는데요."

"잡담을 나누고 조금 사이가 좋아지면 적당히 뜸을 들였다가 그 얘기를 하려던 거 아닌가?"

"그래요."

"이상한 애네. 보통은 그렇지 않다고 부정하는데."

그러고 보니 그것도 맞는 말이었다. 그녀의 확신에 찬 단정적인 말투에 끌려 그만 본심을 털어놓고 말았다.

"나, 당신이랑 사이좋게 지낼 생각 없으니까."

히토미는 담배를 비벼 꺼 재떨이에 넣고 긴 머리를 쓸어 올리며 사라졌다.

마이코가 우두커니 서 있는데 야마오카가 다가왔다. 지금의 대화를 보고 있던 듯했다.

"잘했어."

"금방 거절당했는데요."

"어쨌든 커뮤니케이션은 성립되었으니까."

"그런가요……?"

"그랬어, 그랬다고."

"저 사람의 사정이 뭘까요?"

"글쎄. 남자 관련 아닐까. 섹스에 관한 걸지도 모르지. 말하고 싶지 않다는 게 증거지."

"그럴까요?"

말하고 싶지 않은 이유에는 좀 더 다양한 가능성이 있을 것 같았다.

"괜찮아?"

야마오카가 갑자기 화제를 마이코에게 돌렸다.

"뭐가요?"

"저 녀석에게 그렇게 매몰차게 당했는데 상처 입지 않았냐고?"

그런 말을 들었어도 마이코는 별생각이 들지 않았다.

"비굴해지지 말라고. 상대가 실례를 저지르면 화를 내. 그게 사람과 커뮤니케이션을 추진하는 첫걸음이야."

"아, 예……."

마이코는 속으로 '그건 좀 아닌 것 같은데'라고 생각했다. 히토미의 말투에 화가 나지 않았던 건 너무 완벽하게 속내를 읽혀 살짝 기분이 좋았기 때문이다. 마이코는 히토미에 대해 혐오감을 가지지 않았다. 그러나 그녀와 교류하고 싶다고도 생각하지 않았다.

다음 날부터 마이코는 낮에는 야마오카와 행동하는 경우가 많아졌다.

마이코가 원해서가 아니었다. 마이코가 휴지를 돌리는 곳에 야마오카가 와서 "어이, 밥 먹으러 가자" 하고 당연한 듯 불렀던 것이다. 그가 좋았던 것도 아니지만 적극적으로 거절할 정도도 아니었다. 마이코는 언제나 다른 사람의 의사에 따랐다.

야마오카하고는 나리타와의 관계와 조금 비슷했다. 다른 점은 야마오카는 화를 내지 않는다는 것과 강제하지 않는다는 거였다.

거절할 수도 있었지만 당분간은 그럴 이유도 없었다.

마이코와 야마오카가 공원 벤치에 앉아 푸드 트럭이 판매하는 5백 엔짜리 도시락을 먹고 있을 때였다.

"어이, 야마, 오랜만이야."

남자가 야마오카에게 말을 걸었다. 슬쩍 보면 평범하지만 자세히 보면 옷이 살짝 더러운 것이 오랫동안 세탁하지 않았다는 걸 알 수 있었다. 머리도 뻣뻣해 보였다. 그리고 무엇보다 그를 특징 짓는 건 몸에서 나는 냄새였다. 쉰내를 주위에 뿌리고 있었다. 식사 중에 그다지 가까이 하고 싶은 상대는 아니었다. 그러나 야마오카는 별다른 신경을 쓰지 않고 대답했다.

"살아 있었어?"

"응, 그냥저냥. ××공원 급식이 폐지돼 큰일이야."

급식이란 아무래도 노숙자를 위해서 자선단체가 하는 일인 듯했다.

"원래 그 급식은 영양가가 너무 낮았어. 지금은 △△공원이 괜찮아."

두 사람은 이런저런 정보를 교환했다.

"그건 그렇고 야마, 여자를 데리고 있다니 좋은 시절이네."

'좋은 시절'이란 말이 사람 입에서 나오는 걸 처음 들었다. 나중에 인터넷으로 찾아보니 '위세가 좋거나 멋지고 훌륭한 때'를 의미했다.

"여자가 아니라 제자야."

"아이고, 제자! 더욱 좋은 시절이구만."

남자는 웃었다.

마이코는 멋대로 날 제자로 삼지 말라고 생각했지만 아무 말도 하지 않았다.

'제자'라는 단어에는 '여자로는 보지 않는다'는 의미가 포함되어 있을 것이다. 마이코도 야마오카를 남자로 보진 않았지만 어쩐지 깔보는 느낌이 들었다.

남자는 요즘 잡지 줍는 일을 한다는 것과 우두머리에게 착취당하고 있다는 말을 한바탕 떠들고는 잘 지내라고 하고 떠났다.

"친구예요?"

남자의 뒷모습을 보면서 마이코가 야마오카에게 물었다.

"그저 아는 사람이야. 급식 줄에서 만났지. 친근하게 말을 거니 상대를 해주는 것뿐이야. 저 녀석, 냄새가 지독하잖아."

"예, 상당히."

"저렇게 되면 끝장이야. 아무리 겉보기에 평범해 보여도 저런 냄새를 풍기면 면접에서 아무도 채용해주지 않아. 노숙의 문제점은 바로 저거야. 냄새를 풍기기 시작하면 점점 추락하는 거야."

인터넷 카페에 코인 샤워가 있기 때문에 걱정은 없었다.

"그런 점에서 우리는 아직 일반인 측에 있어. 그 강을 건너지 않도록 해야 해."

"아, 예……."

맞는 말이었다.

"저 남자도 원래는 제대로 된 회사의 샐러리맨이었어. 그런데 도산해 저 모양이 된 거야. 운 나쁘게도 전 재산을 회사 주식에 투자했어. 일과 재산을 동시에 잃었지. 바보지. 전혀 다른 업종에 해야지. 분산투자라는 걸 몰라 저렇게 된 거지."

경제에 둔한 마이코는 무슨 소린지 알 수 없었다.

"일본인은 돈에 대한 교육을 못 받으니까 일류 기업 사원도 저 모양이라고."

자신도 회사를 도산시킨 주제에 무슨 소리냐고 생각했지만, 마이코는 말하지 않았다.

"회사는 아무것도 해주지 않았대. 다 착취만 당하고 버려졌지."

"착취?"

"어이, 어이! 이렇게 착취에 둔감한 녀석이 있으니까 자본가가 살을 찌우는 거야."

갑자기 좌익운동가 같은 소리를 했다.

"예컨대 휴지 돌리기만 봐도 그래. 휴지 돌리기의 본질이 뭐야?"

"본질? 휴지 돌리기? 무슨 소립니까?"

"말 그대로지."

"저기, 휴지를 원하는 사람에게 주고…… 감기 걸린 사람이 콧물을 닦도록 하는 건가요?"

"바보야?"

비웃으며 야마오카가 말했다.

"……"

이 사람의 이런 점은 도무지 좋아할 수가 없다. 어딘가 차가운

울림이 있었다. 나리타에게서도 종종 "너 바보야?"라고 깔보는 듯한 말을 들었지만, 나리타의 말투는 언제나 진지했지 냉소적이진 않았다.

"휴지 돌리기는 광고업의 일종이야."

"광고……."

야마오카가 돌리던 휴지 하나를 들고 마이코에게 보여줬다. 뷰티살롱 광고가 들어 있었다.

"우리가 돌리는 건 휴지가 아니라 광고야. 광고만 나눠주면 아무도 받지 않아. 휴지를 덤으로 줘야 받는 사람이 생기고, 그 몇 사람 중 하나가 광고를 봐. 그걸 기대하고 돌리는 거지. TV 광고도 마찬가지야. TV 프로그램이란 광고를 보여주기 위한 손님 끌기용이지."

의식한 적은 없지만 확실히 그랬다.

"그러니까 네가 하는 일은 광고업의 일종이지. 무슨 일을 하냐고 물으면 광고 관련이라고 대답해도 돼."

아무래도 무리가 있는 얘기 같았지만 어쨌든 말은 되었다. 그건 그렇고 이 남자는 도대체 무슨 말을 하고 싶은 걸까.

"이 광고를 의뢰한 회사가 얼마를 지불했느냐의 문제야. 인터넷으로 티슈 광고 가격을 조사하면 대강의 가격을 알 수 있지. 광고가 붙은 휴지를 만 개 만들어 돌리는 데 대체로 10만 엔 정도가 들어."

마이코는 그게 비싼 건지 싼 건지 알 수 없었다.

"우리 일당으로 돌아오는 건 그중 달랑 30퍼센트야."

"그게?"

"그만큼 착취당하고 있다는 소리야. 세상에는 뭔가를 오른쪽에서 왼쪽으로 옮기기만 하고도 수억이나 되는 보수를 얻는 놈이 있는데, 우리는 상자에서 행인들 손으로 휴지를 1천 5백 장씩 이동시키고도 6천 엔을 받지."

그런 말을 해도 생활을 위해서는 할 수밖에 없지 않나.

"평범한 샐러리맨은 착취당하는 생활 대신 안정을 받아들인 인간이야. 옛날에는 그 대신 종신고용이나 연금 같은 게 손에 들어왔지. 하지만 지금은 그런 상을 받을 수 있을지 없을지 애매해졌기 때문에 착취당하는 입장을 물고 늘어지는 놈들이 많아졌지."

마이코는 건성으로 대답하면서 듣고 있는 수밖에 없었다.

"적어도 지금의 나와 너는 그 개미지옥에서 벗어나는 데 성공했어. 지금의 삶에서 벗어난다고 해도 다시 그곳으로 돌아가면 도로 아미타불이지."

마이코는 그런 말을 내게 해봤자 무슨 소용이 있냐고 생각했다. 이 남자는 그저 자신의 생각을 확인하고 싶은 게 아닐까. 한편으로 확실히 다시 AD 생활로 돌아가고 싶지 않은 것도 사실이었다. 그러나 그곳이 개미지옥이라면 여기도 개미지옥이 아닐까. 아니면 지금이나 전과는 다른 제3의 길이 있을까. 마이코는 상상할 수 없었다.

그 후로도 매일처럼 야마오카는 마이코에게 다양한 얘기를 해주었다. 휴지 돌리기에 관한 것뿐만 아니라, 세상의 모순에 대해

서나 최소한의 돈으로 하루를 보내는 노하우 등이었다. 그렇게 다양한 얘기를 하고 있으면 이상하게도 처음 느꼈던 그에 대한 혐오감이 사라졌다.

그러나 파국은 어처구니없이 찾아왔다.

점심을 함께 먹고 있을 때였다.

"나한테 묻고 싶은 게 있으면 뭐든 물어봐."

평소와 다름없이 야마오카가 우위에 선 시선으로 말했다. 그런데 그날따라 마이코는 드물게 반발하고 싶어졌다. 생활의 스트레스 때문일까, 아니면 단순히 저기압 탓일지도 모른다.

"별로 없어요."

"뭐야. 물어보라고."

"됐어요."

"뭐야, 그게! 하고 싶은 말이 있으면 참지 마. 그러니까 착취를 당하지!"

"그럼 얘기할게요……. 그렇게 머리가 좋으면서 왜 이런 삶에 안주해요?"

마이코는 반박했다. 나리타에게는 이렇게 반박하지 못했었다. 나리타와 이 남자는 뭐가 다를까. 아니면 상사와 단순한 지인의 차이일까. 그러나 처음으로 입 밖에 낸 반론이 야마오카에게는 상처였던 모양이다.

"뭐라고?"

야마오카의 표정이 험악해졌다. 그러나 꺼낸 말을 주워 담을 수는 없었다.

"그러니까 그…… 잘나가던 사람도 불운으로 전 재산을 잃는 일이 있잖아요……. 하지만…… 지식이나 재주가 있으면 어떻게 해서든 이 상황에서 벗어날 수 있잖아요……. 내내 여기 안주하는 이유가 뭔가요?"

"그건 그래……."

야마오카는 의외로 솔직하게 인정했다.

"진짜 부자는 파산해도 다시 같은 돈을 벌 수 있는 놈이야. 그런 의미에서 나는 아직 멀었어. 지식을 모으는 중이야."

"어떤 지식이요? 야마오카 씨가 자세히 아는 건 가난뱅이 생활을 조금이라도 쾌적하게 보내는 노하우거나 도움도 안 되는 세상 이면의 정보 아닌가요?"

"말 한번 잘했네."

기어이 말하고 말았다. 야마오카는 잠시 침묵을 지켰다. 어떤 반격이 올지, 마이코는 대비했다.

"그럼 말이야. 언젠가 진짜 날 보여주지."

야마오카는 그렇게 말하고 선선히 자리를 떴다.

언제나 대단한 것처럼 굴더니 자신에 대해 얘기하니 약하네.

마이코는 그 뒷모습을 보면서 조금 말이 지나쳤구나 후회했다.

그 이후 야마오카는 마이코를 무시했다.

켄아도에서 마주쳐도 말없이 혼자 가버렸다. 그때 상처를 입어서 그러는구나 생각했지만, 원래 야마오카가 멋대로 행동했고, 그에 휘둘리고 있었던 터라 좋은 기회라고 여겨 그냥 놔뒀다.

야마오카와 만나는 일이 왠지 껄끄러워 마이코는 켄아도에 가는 시간을 바꿨다.

다음 날, 평소보다 15분 정도 빨리 가자 히토미가 사무소가 있는 층에 서 있었다. 그녀와 눈이 마주쳐 조금 동요했다. 야마오카와 만나는 일은 어색했지만, 히토미와 마주치는 일도 어쩐지 불편했다.

마이코는 히토미에게 가볍게 인사만 건네고 먼저 나가려 했다.

"오늘은 그 녀석과 같이 있지 않네."

그런데 히토미가 먼저 말을 걸었다.

"아, 응⋯⋯."

같은 여자인데도 미인이 갑자기 말을 걸어오니 떨렸다.

"왜 그래? 전에 내가 퉁명하게 굴어서?"

"아니. 그런 건 아닌데."

"그 녀석 말을 듣고 내게 말을 걸었다고 생각해서 그랬어."

반쯤은 맞는 말이라 가만히 있었다.

결국 그날 마이코는 히토미와 같이 점심을 먹었다. 마이코 뒤에 있던 야마오카를 경계한 것뿐이지, 사실은 얘기할 상대가 필요했던 모양이다. 처음 히토미를 봤던 맥도날드에 둘이 들어갔다.

"어때? 지금 생활."

히토미는 가까운 상대와는 허심탄회하게 얘기하는 것 같았다.

"그야, 이런 생활은 빨리 끝내야 한다고 생각하지만."

"그런데?"

"끝내면 다음 생활은 뭘까?"

마이코는 AD라는 가혹한 일에 대해 히토미에게 말했다.

"어머, 그렇구나. 나라면 그런 일은 사흘도 못했을 거야."

한바탕 얘기를 들은 히토미가 햄버거를 씹으면서 내뱉었다.

"그래서? 또 그런 생활을 하는 것보다는 지금이 낫다고?"

마이코는 고개를 끄덕일 수 없었다.

지금 같은 생활이 계속되는 게 좋다고는 생각지 않았다. 그러나 다시 AD로 돌아갈 거냐고 묻는다면 그럴 마음도 없었다. 그때와는 달리 좀 더 육체적으로나 정신적으로 건강하게 살고 싶었고, 그런 생활을 할 수 있는 일을 찾고 싶었다. 그러나 그런 일을 찾기가 어려워 '인터넷 카페 난민' 생활이 계속되는 거였다.

"만약 이대로는 안 된다는 생각이 강했다면 필사적으로 빠져나갈 방법을 생각했을 거야……. 그러면 뭔가 일을 찾았을 수도……. 그런 마음이 약하니까 물이 낮은 데로 흐르듯 지금 상태에 안주하고 있는 게 아닐까."

마이코는 속내를 그대로 드러내는 데 저항감을 느끼면서도 털어놓았다. 히토미에게는 어딘가 상대의 마음을 열게 하는 마력이 있는지도 모른다.

"흠. 어려운 생각을 하네."

히토미는 감탄한 듯 말했다. 마이코는 뭐가 어렵다는 거지, 생각했지만 말하진 않았다.

"가끔 이 상황이 영원히 계속되지 않을까 생각하면 소름이 끼치기도 하지만…… 곧 어떻게 되겠지 하는 생각이 든다고 할까…… 삶아지는 개구리 같달까."

"무슨 개구리?"

"삶아지는 개구리. 개구리를 펄펄 끓는 물에 넣으면 깜짝 놀라 튀어나오지만, 물에 넣고 천천히 끓이면 온도가 올라가도 나오지 않아. 결국 삶아져 죽는대."

"그래서?"

"아니, 그러니까 현재 상태에 안주하고 행동하지 않는 걸 삶아지는 개구리 현상이라고 한다고……."

"와…… 참 많이도 안다."

마이코는 자신이 특별히 교양 있는 사람이라고는 생각하지 않아서, 히토미가 진심으로 감탄하는 모습을 보고 묘한 감정이 들었다.

"나는 바보라서 말이야, 손님을 상대하려면 좀 더 신문 같은 걸 읽고 교양을 쌓으라는 말을 들었어."

히토미가 툭 터놓고 얘기했다. 호스티스라도 했던 걸까.

"어떤 가게에서 일했는데?"

"가게라고 해야 하나, 돔."

"돔?"

"나, 돔에서 맥주 파는 일을 했어."

의외였다. 히토미가 야구장 스탠드에서 맥주를 파는 모습이 잘 상상되지 않았다. 육체노동과 전혀 어울리지 않는다는 느낌이 들었다.

"힘들지 않았어?"

"AD보다는 편해."

그런 말을 들어도 부정할 수 없었다.

"재밌었어. 유니폼도 상당히 귀여웠고."

"하지만 무겁지 않아?"

마이코는 야구장에 간 적은 없지만 TV 중계로 탱크를 매고 다니는 여자를 본 적이 있었다.

"탱크가 꽉 찼을 때는 12킬로 정도야. 하지만 팔수록 가벼워지니까. 잘 팔리면 즐거워서 그리 무겁게 느껴지지 않아."

"시급은?"

"비율제야. 많이 팔수록 많이 받아."

마이코는 손님을 상대로 하는 일은 자신과 절대 어울리지 않는다고 생각했다. 그런데다 팔리는 수에 따라 보수가 달라지다니. 자신이 가득 찬 탱크를 짊어진 채 스탠드를 어슬렁거리는 모습이 눈에 선했다.

"나 상당히 잘 팔았어. 표창을 받은 적도 있어."

손님 역시 미인 판매원이라면 사고 싶어지리라.

"한 잔 팔면 얼마라는 비율인데, 1백 잔이나 2백 잔이 넘으면 비율이 높아져. 게다가 출근 수당도 붙으니까 하루에 2만 엔은 됐나."

"그렇게 많이! 야구는 세 시간 정도 하잖아. 그럼 시급이 6천 엔 정도라는 거야?"

"응. 하지만 매일 경기가 있는 건 아니니까. 모든 게임에 출근해야 월에 이삼십만 엔일까."

"굉장하다!"

밤에만 하는 일인 데다 매일 하는 것도 아닌데 그렇게 벌 수 있다니.

"게다가 말이야…… 급료만 받는 게 아냐."

"응? 다른 거 뭐?"

"손님의 팁. 내야에는 연간 회원권이라는 게 있잖아. 그런 자리에 앉는 사람은 돈이 많아. 만 엔짜리를 주고 거스름돈은 필요 없다고 한다니까. 돔 안 물품 보관함 열쇠를 줘서 열어보니까 샤넬백이 들어 있기도 했어. 이리저리 해서 월에 따라서는 월급과 같은 액수를 벌기도 했어."

"굉장해!"

마이코는 똑같은 말만 내뱉었다.

"술장사 쪽에서 자주 말을 걸어왔지만 싫었어. 그렇다고 달리 재능도 없고, 결국 단순한 프리터가 되는 수밖에 없었지만, 그래도 이건 프리터 중에서도 상급이라고 생각했어."

그렇게 많이 벌면 상급이라 생각해도 이상할 게 없었다. 그런데 어쩌다 지금 같은 생활을 하게 되었을까.

"나, 정신 못 차리고 쇼핑을 해대고 호스트 클럽에도 다녔어. 손님에게 팁을 잔뜩 받은 날은 시합 후에 자주 호스트 클럽에 갔지."

물장사는 싫다면서 한 일은 별로 다르지 않다고 생각했지만, 마이코는 입을 다물었다.

"하지만 말이야…… 그런 생활도 오래 가지 못했어. 상급 일자리에도 함정이 있더라고."

"뭔데?"

"시즌 오프야."

"시즌 오프?"

"몰라? 야구는 봄에서 가을까지만 하잖아."

"그 정도는 알지만…… 그러니까 가을부터는 일이 없다는 소리야?"

"맞아. 한 달에 수십만 엔씩 벌었는데 갑자기 수입이 제로가 되는 거야. 너무하지 않아?"

너무하다고 해야 하나, 당연한 거 아닌가.

"나는 완전히 사치스러운 생활에 익숙해져서 수준을 떨어뜨리고 싶지 않았어. 호스트에게도 봄까지는 못 온다는 말을 하고 싶지 않았고……. 결국 도박에 손을 대고 말았어. 봄까지 기다리면 또 벌 수 있다는 생각에…… 하지만 따지 못했어……. 빚 독촉에 쫓기게 되고…… 봄에는 다시 그 일로 돌아갈 수 없게 됐어."

"그래서 빚은 어떻게 됐어?"

"응? 그냥 두고 있어. 여차하면 자기 파산을 신청하면 되니까 신경 안 써."

세상에는 정말 다양한 일이 있는 법이다.

"우리들, 똑같네."

"응?"

"그냥."

"아."

마이코는 히토미가 마이코의 어떤 부분을 보고 같다고 했는지 도무지 알 수 없었다. 김빠진 대답을 하는 마이코를 보고 히토미는 입을 크게 벌리고 깔깔대며 웃었다. 마이코는 히토미에게 친숙

함을 느끼는 자신을 발견했다. 처음 봤을 때는 생각지도 못한 일이었다.

그 후로 가끔 히토미와 얘기를 나누게 되었다. 야마오카 앞에서는 그런 모습을 보이지 않으려고 했다. 그러는 편이 좋을 것 같다는 느낌이 들었다.

야마오카와 그랬던 것처럼 히토미와 함께 점심을 먹는 게 일과가 되었다.

"인터넷 카페에 있지? 어디야?"

이날도 함께 5백 엔짜리 도시락을 먹는데 히토미가 물었다.

마이코는 어떤 가게인지 알려주고, 나아가 왜 그곳에서 거주하고 있는지도 말했다. 냄새가 나지 않고 비교적 깨끗한 가게라고.

"흠. 나도 거기로 옮길까."

히토미가 도시락을 먹으면서 윗옷을 벗었다. 재킷 안에 민소매 셔츠를 입었는데, 얼핏 보니 왼쪽 팔에 문신이 있었다. 천사였는데, 센스가 그리 좋지 않았다. 나라면 좀 더 괜찮은 디자인을 문신했을 텐데.

"역시 남자겠지?"

갑자기 히토미가 말했다.

"응?"

"지금 상태에서 벗어나기 위해서는 부자 남자를 잡는 수밖에 없겠지?"

마이코는 그런 발상을 해본 적이 없었다. 이제까지 얼마 안 되는 연애 상대는 모두 비슷한 나이였고, 경제 상태도 마이코와 비슷했다. 연상의 남자에게 얻어먹은 경험이 거의 없었다.

그러나 히토미라면 돈 많은 남자를 잡아 대접받을 수 있을 것이다. 이런 생활에서 벗어나기 위해 남자를 이용하겠다 한들 이상할게 없었다.

"한 사람 있어."

"남자가?"

"응. 잡힐 것 같은 사람이."

"흠……."

자신과는 인연이 없는 얘기였다. 갑자기 히토미와의 사이에서 틈을 느꼈다.

마이코는 더 이상 묻지 않았다.

마이코는 히토미와 얘기를 나누면 왠지 조금 용기가 솟는 것 같았다. 히토미의 구김살 없는 태도가 그렇게 만드는 걸까. 잊고 있었던 구직 활동을 다시 노력해볼까. 여러 군데 넣어보고 면접을 잔뜩 볼까.

저녁, 휴지 돌리기를 끝낸 마이코는 전에 인터넷에서 본 회사에 전화해 아직 구인 모집을 하는지 물어보려고 했다.

그런데 마이코의 의욕을 꺾으려는 듯 어느새 전화가 끊겨 있었다. 전화요금을 지불하지 않아 사용이 정지된 것이다. 한동안 누군가와 전화로 얘기한 적이 없어 깨닫지 못했다.

전화가 끊기니 구직 활동을 하는 데 무척 불편했다. 취직이든 아르바이트든 면접을 본 후에는 대부분 전화로 연락을 기다린다.

전화가 끊기면 그 연락을 받을 수 없다. 스마트폰은 전화가 끊겨도 와이파이만 있으면 인터넷을 쓸 수 있지만, 면접 일정과 합격 여부를 모두 메일로 알리는 회사는 적었다. 전화 없이는 구직 활동이 매우 한정된다.

마이코는 인터넷 카페 개인실 컴퓨터로 휴대전화 회사 사이트에 들어갔다. 연체된 요금은 알아보니 8천 엔 정도였다. 지금 마이코에게는 상당한 액수였다.

돈이 없어서 전화가 끊긴다. 전화가 끊기면 구직 활동을 할 수 없다. 그러면 돈은 점점 더 없어진다.

철벽같은 개미지옥의 완성이다.

혹시 야마오카가 말한 '강을 건너버렸다'는 게 이런 걸까. 그렇게 생각하자 소름이 돋았다.

"나는 훨씬 전에 끊겼어."

다음 날, 마이코가 그 얘기를 하자 히토미가 웃으며 말했다. 평범한 구직 활동을 포기하면 이렇게 태평해질 수 있는 모양이다.

마이코는 선불 휴대전화도 알아봤는데 선불이라 통화료가 상당히 비쌌고, 당연히 처음에 전화기를 사는 데 돈이 들었다. 지금의 마이코에게는 그럴 돈도 없었다. 날마다 내야 하는 인터넷 카페 요금과 밥값 이외의 큰돈은 지출을 전혀 감당할 수 없었다.

그야말로 경영 상태가 완전히 구멍가게 수준이었다.

초조함의 반동일까, 마이코가 트위터에 글을 적는 횟수가 비약적으로 늘었다.

날마다 있었던 일을 적어두는 비망록이라는 의미도 있었다. 뭔가 적어두지 않으면 매일 뭘 했는지 곧 잊어버리기 때문에 기록해 둘 필요를 느꼈던 것이다. AD 일을 하던 때는 그런 생각을 전혀 하지 않았던 터라 불가사의했다.

다른 사람에게 보인다는 생각을 하지 않아 기록하는 내용은 모두 별게 아니었다.

그런데 혼자 끄적거리다가 문득 팔로워 수를 보고 깜짝 놀랐다.

어느새 백 명이 넘었다. 무슨 일이지. 무명의 인간이 익명으로 끄적거리는 글인데 친구도 아닌 생면부지의 사람이 왜 팔로우를 할까.

어떤 사람이 팔로우한 걸까 궁금해 몇 명의 프로필을 봤다. 트위터에는 프로필을 적는 칸이 있어 자기소개를 적을 수 있었다. 실명을 밝히는 저명인사는 경력이나 저작 등을 열거했다. 일반인이 익명으로 하는 경우는 살고 있는 현과 직업, 취미 같은 걸 적당히 적는 경우가 많았다. 프로필을 보니 마이코를 팔로우하는 사람들은 모두 그런 일반인이었다. 이 사람들이 어떻게 마이코의 글을 발견했는지, 왜 팔로우해야겠다고 생각했는지 모두 수수께끼였다. 하지만 봐주는 사람이 있다니 조금 기뻤다. 지금의 마이코에게는 이것이 세상과의 유일한 연결고리였던 것이다.

마이코는 트위터에서 갑자기 팔로워가 늘어난 이유를 이리저리 생각하면서 네트마니아가 있는 빌딩 옥상으로 갔다. 엘리베이터 홀 안쪽 문을 열면 비상계단이 있다. 그곳을 올라가면 옥상이 나온다는 걸 발견했던 것이다.

단조로운 생활을 하고 있으면 조금이라도 새로운 자극을 찾으려 하는 법이다. 마이코는 혼자 근처 탐험하는 걸 어릴 때부터 좋아했다. 그런 습성이 아직도 남아 있는 모양이다.

8층짜리 빌딩 옥상에서는 그리 아름다운 야경은 볼 수 없었다. 시부야 거리의 소란스러움이 철조망 너머로 느껴졌다. 근처에 있는데도 격리된 것처럼 외로웠다. 마이코의 지금 상태를 상징하는 장소였다.

바로 그때 갑자기 발소리가 났다.

누군가가 계단을 올라왔다. 마이코는 당황했다. 빌딩 관리인이면 "멋대로 들어오지 마!"라며 화를 낼까. 그러나 몸을 숨길 장소가 없었기 때문에 우두커니 서 있었다.

이윽고 모습을 드러낸 사람은 이전에 가게에서 봤던 동그란 얼굴의 중년 남자였다. 커피를 보온병에 담던 남자였다. 남자도 마이코를 보고 놀란 듯 동그란 눈을 더욱 크게 떴다. 자신처럼 기분 전환을 하러 왔을까. 그러나 정체 모를 남자와 잡담을 나눌 마음은 없었다. 그래도 살짝 무슨 말이라도 할까 생각했지만 생각나는 말도 없어서 가볍게 인사만 하고 그 자리를 떠났다.

여기서 그와 만난 일이 나중에 말도 안 되는 사태를 일으킬 줄은 이때는 예상도 못 했다.

그날도 마이코는 평소와 마찬가지로 켄아도에 갔는데 히토미가 보이지 않았다. 그러고 보니 지난 일주일 정도 그녀의 모습을 보지 못했다. 일반 회사처럼 매일 오는 게 당연한 게 아니라서 일시적인 사정으로 못 오는 건지, 이제 안 오려는 건지 알 수 없었다. 얼마 전에 얘기했던 '남자'를 잡았을까. 그랬다면 축하할 일이었다. 한마디도 없이 사라져 조금 섭섭했지만, 이런 생활에서 빠져나간 사람이 하나라도 있다니 기뻤다.

히토미와 LINE으로 연결돼 있었지만 대화를 나눈 적은 거의 없었다. "요즘 안 보이던데 무슨 일 있어?"라고 LINE을 해볼까 생각했지만 그만두었다. 상대가 그럴 정도의 친구는 아니지 않나, 하고 생각할까 염려되었다. 동거하던 사토코에게 쫓겨난 일이 마이코에게 여자들의 우정을 소극적으로 대하게 만들었다.

어쩔 수 없이 마이코는 혼자 점심을 먹었다. 뒷골목에 있는 싸구려 밥집이었다.

스마트폰을 만지고 있는데 뒤에서 들여다보는 남자의 기척을 느꼈다. 야마오카였다. 그와 만난 건 2주 만이었다.

"어이!"

두 사람 사이의 갈등을 까맣게 잊은 듯, 야마오카는 마이코 건너편에 앉아 종업원에게 480엔짜리 생강돼지구이 정식을 시켰다.

마이코는 아무 일 없었던 듯 리셋하고 대화하는 일이 서툴렀다.

"안녕……."

최대한 평범하게 반응할 생각이었는데 스스로도 시선이 허공을 헤매고 있는 게 느껴졌다.

"팔로워가 늘었더라."

"예?"

"트위터 말이야."

야마오카가 마이코의 트위터를 보고 있는 줄은 몰랐다.

"어떻게 내 트위터를 아세요?"

"스마트폰을 두고 화장실에 갔을 때 봤어."

"맘대로 보지 마세요!"

"내 맘대로 만진 거 아냐. 그냥 보인 거지. 이른바 공개 정보지."

마이코에게는 야마오카의 이런 논리에 대항할 만한 기술이 없었다. 그건 그렇고 얼마 전 싸우고 안 본 뒤에도 마이코의 트위터를 체크했던 모양이다.

더 이상 이 점을 추궁해봤자 소용없다고 생각하고 화제를 원점으로 돌렸다.

"왜 팔로워가 늘었는지 이상해요."

"전혀 이상하지 않아. 내가 네 트윗을 계속 리트윗했으니까."

'리트윗'이란 다른 사람의 글을 자기 팔로워에게 공개하는 기능이다. 리트윗으로 글은 연쇄 반응을 일으켜 점점 확산된다. 팔로워가 많은 사람이 리트윗을 해주면 그만큼 많은 사람들에게 글이 공개되고, 그래서 더 리트윗될 가능성이 커진다. 그러나 이제까지 그런 확산은 마이코와는 인연이 없는 일이었다. 이걸로 갑자기 팔로워가 늘어난 수수께끼는 풀렸다.

"왜 말도 없이 그런 짓을 하세요?"

"금지된 것도 아니잖아."

"그렇지만……."

"그게 더 재미있잖아."

야마오카는 마이코가 적었던 매일의 감상을 보고 있었던 것이다. 공개된 거라고는 해도, 자신도 모르는 사이에 야마오카가 체크하고 있었다고 생각하니 어쩐지 기분이 좋진 않았다. "이게 내 계정이야"라며 야마오카가 스마트폰 화면을 보여줬다. 계정 이름은 '야마 스승'이었다. 팔로워 수를 보고 마이코는 놀랐다.

"우와! 3만 명이나 되네요."

"응, 쉬운 일은 아니지. TV에 나오는 유명인이 자기 이름으로 트위터를 하면 만 단위의 팔로워가 순식간에 생기지. 나 같은 익명 계정으로 이 정도 팔로워를 모은 건 오직 '재미'가 이유야. 내 글이 재미있는 건 물론이고, 내 안테나에 걸린 재미있는 글도 리트윗해. 문제적 발언을 연발하거나 유명인을 걸고 넘어져 화제가 되는 것도 방법이지만, 나는 그런 짓은 하지 않아. 이건 순수하게 재미로 모은 숫자야."

야마오카가 자랑스러워했다.

"대단하네요."

마이코는 야마오카가 자랑하고 싶어 하는 것 같아 일단 그렇게 대답했다. 사실은 뭐가 대단한지 잘 몰랐다. 아이가 모은 딱지 숫자를 자랑하는 것과 큰 차이가 없는 것 같았다.

"이 숫자가 어떤 의미를 지니는지, 넌 아직 그걸 모르겠지."

"몰라요."

"곧 알려주지."

"부탁드려요……."

기어이 그의 말에 영합하는 대답을 하고 말았다. 그 정도 말은 누구나 하고 살겠지만, 마이코는 자신의 비굴함에 가벼운 혐오감을 느꼈다.

"한 가지 중요한 말을 해주지. 트위터에 쓴다는 건 온 세상에 공개한다는 말이야. 트위터에 쓴 이상 누가 보든 불평하지 마. 보이기 싫은 상대를 막아버리는 기능도 있지만, 특정 상대에 대한 기능이지 공개가 제안되는 건 아냐. 계정을 잠가 특정 상대와만 대화를 나누는 경우도 있지만, 그러면 LINE으로 친구와 얘기를 나누는 것과 다르지 않아. 그러니까 뭔가를 적을 때는 온 세상에 발신한다는 생각으로 쓸 각오가 필요해."

야마오카는 더욱더 신나서 트위터의 원리를 떠들어댔는데, 당시 마이코는 대단한 가치가 있다고는 생각하지 않아 그저 흘려들을 뿐이었다.

5. 폭발

날마다 눈에 띄게 추워졌다.

땀 냄새가 날까 걱정할 필요가 없어졌지만, 밖에 서서 휴지를
돌리는 일이 점점 힘들었다.

이 일을 계속하며 이 겨울을 날 수 있을까.

마이코는 이런 생활이 몇 달씩 지속되지는 않을 거라고 생각해
두꺼운 코트는 사토코의 방에 놔둔 채였다.

사토코의 집에 겨울옷을 가지러 가야겠다. 방을 나올 때 말했듯
사토코는 남자 친구와 살고 있을까. 어떤 남자일까.

마이코는 그런 생각을 하면서 빌딩 옥상에 널어둔 셔츠를 걷으
러 가기 위해 비상계단을 올랐다. 물론 이런 곳에 빨래를 말리는
일은 금지되어 있지만, 빌딩 관리인도 이곳에는 좀처럼 오지 않는
것 같았다. 셔츠를 말려도 누가 훔쳐갈 염려는 없었다.

그런데 마이코가 옥상으로 올라갔을 때 누군가가 있었다. 또 얼

굴이 동그란 그 중년 남자였다. 앉아서 뭔가를 하고 있었다. 아직 이른 아침이라 사람이 있을 거라고는 생각하지 못해 놀랐다. 상당히 놀란 표정을 지은 걸 상대도 알았을까. 상대도 마이코를 보고 "어?" 하고 김빠진 소리를 냈다. 마이코가 어색하게 인사하니 상대도 고개를 숙였다.

전에 마주쳤을 때 나쁜 사람은 아닌 것 같았지만 말을 걸 생각은 없었다. 마이코는 셔츠 걷기를 포기하고 다시 계단으로 돌아갔다. 빨래를 말리는 중이라는 걸 알리고 싶지 않았고, "오늘은 춥네요" 같은 잡담을 나누는 것도 아닌 것 같았다. 결과적으로 뭐 하러 왔는지 모를 거동이 수상한 사람이 되어버렸다. 남자에게는 '자신을 피했다'는 인상을 줬을지도 모른다.

마이코는 인터넷 카페 개인실로 돌아왔다. 셔츠는 저녁때 걷어도 된다. 남자는 잊고 오늘도 휴지나 돌리러 나가자.

그렇게 생각하고 커피를 포트에 보충하려고 접수대 근처 드링크 코너로 갔다. 언제부턴가 남자가 하던 일을 따라 했다. 포트는 백엔숍에서 발견한 싸구려였다.

마이코가 포트 뚜껑을 열고 커피를 붓고 있는데 접수대 모습이 평소와 다르다는 걸 깨달았다. 고개를 들어보니 경관이 와 있었다. 근처 파출소 경관일까. 젊은 경관이었다. 순찰이라도 왔을까. 경관은 접수대 남자와 얘기를 나누고 있었다. 늘 자리를 지키는 테이 군이었다. 두 사람의 모습에는 어떤 긴장감도 없었다.

그때였다. 조금 전의 중년 남자가 터덜터덜 접수대 쪽으로 갔다. 그 얼굴에는 분노의 감정이 드러나 있었다. 클레임이라도 걸려는 걸까. 옆 개인실 손님이 너무 시끄럽다고 하려나.

그때 마이코는 남자가 뭔가 긴 걸 들고 있는 걸 봤다. 그것이 엽총이라는 걸 깨달은 건 몇 초가 지난 뒤였다. 라이플이라는 걸까. 마이코는 그 차이를 몰랐다.

"나가!"

남자는 총을 겨누며 경관에게 말했다.

경관은 깜짝 놀랐다. 그도 예상 못 한 일인 듯했다. 그곳에 있던 테이 군도 마이코도 어리둥절한 건 마찬가지였다. 누군가 엽총을 다른 사람에게 겨누는 장면은 TV나 영화에서야 자주 봤지만, 직접 보니 현실이라는 생각이 도무지 들지 않았다.

"지금부터 이 가게를 점거한다."

남자의 목소리가 떨렸다.

"무슨 소립니까?"

젊은 경관이 어이없다는 듯 중얼거렸다.

"그런 건 거두고⋯⋯." 경관은 그렇게 말하며 남자에게 다가가려고 했다. 그러자 남자가 "모두 밖으로 나가!" 하고 소리치더니, 마이코에게 빠르게 다가와 한 손으로 총을 든 채 다른 손으로 마이코의 목덜미를 잡았다.

뜻밖의 강력한 힘에 마이코는 당황했다.

"이리 와."

남자는 마이코를 잡아 안으로 끌고 갔다. 저항할 수 없었다. 경관과 테이 군이 어쩔 줄 몰라 하며 바라보고 있었다. 그 어쩔 줄 몰라 하는 모습은 경관과 테이 군 사이에 별 차이가 없었다. 이럴 때 경관이란 사람은 몸을 던져 시민을 구하지 않는 모양이다. 역시 형사 드라마와는 달랐다.

남자는 마이코를 근처 비어 있는 개인실로 데려갔다. 마이코는 남자와 함께 벽 너머로 밖을 보는 형태가 되었다.

개인실 벽은 사람 키보다 조금 낮아 서 있으면 얼굴만 밖으로 나왔다. 여기서는 접수대가 잘 보였다. 개인실은 반쯤 차 있었는데, 손님 몇이 무슨 일인가, 하고 일어나 벽 너머로 밖을 쳐다봤다.

남자는 몸으로 마이코를 벽으로 밀면서 벽 위로 엽총을 겨눴다.

"이곳을 점거한다. 전원 나가!"

남자의 말투는 TV 드라마 속 범인과 달리 더듬거리고 엉성했다. 그도 그런 말을 하는 건 태어나서 처음인 듯했다.

손님들은 어리둥절해했다. 조금 전 마이코와 접수대 청년과 같은 반응이었다.

하지만 다음 순간, 남자는 마이코를 놓고 총을 위로 들었다. 설마 쏠 셈인가 하고 마이코가 생각한 순간, "탕" 하는 커다란 소리가 울렸다.

건너편에서 뭔가 깨지는 소리가 났다. 총이 진짜라는 걸 알리기 위해 아무도 없는 곳을 향해 쏜 거였다. 마이코는 반사적으로 주저앉았다. 귀가 징 하고 울렸다.

그 총소리로 그 자리의 공기가 확 바뀌었다.

어디선가 "꺅" 하는 비명소리가 났다. 머리를 내밀고 있던 손님들이 황급히 물러났다. 헤드폰을 끼고 있어서 상황을 모르는 손님도 있었는데, 총소리로 비상사태가 벌어졌다는 사실을 드디어 안 모양이었다.

민첩한 사람은 바로 짐을 싸들고 피난길에 나섰다. 그럴 여유
가 없는 사람은 짐을 버리고 출구로 향했다. 등을 구부리고 통로
를 지나가면 총에 맞을 염려는 없었다. 그러나 마이코보다 안쪽에
있는 사람들은 어떻게 해야 좋을지 모르는 것 같았다. 도망치려면
남자 근처를 지나야만 하기 때문이었다.

남자는 안쪽에서 주저하는 사람들에게 "뭐 해? 빨리 가!"라며
총을 겨누고 소리쳤다. 손님들은 총알처럼 빠르게 일제히 출구로
향했다.

경관은 그 광경을 보고 일단 손님들을 피난시키는 일이 먼저라
고 판단한 모양이었다.

"이쪽입니다. 빨리!"

아르바이트 직원이 몇 명 있었는데 그들도 앞다투어 도망치려
했다. 그중 테이 군만이 비상계단 문을 열고 손님들을 유도했다.

"여러분 여깁니다. 계단입니다."

엘리베이터로 모두 도망치려면 시간이 걸린다. 당시 테이 군의
판단은 아주 정확했다. 덕분에 그는 나중에 사람들의 칭찬을 받게
된다.

경관은 동시에 무선으로 서에 연락했다.

"우다가와초에 있는 인터넷 카페에서 엽총을 든 남자가 인질을
잡고 농성을 벌이고 있습니다."

이런 일이 일어나는 동안, 마이코는 밀려들어 온 개인실에 웅
크리고 있었다. 남자의 시선은 주위를 보느라 마이코를 보고 있지

않았지만, 도망치려 해도 개인실 입구가 막혀 있는 상황이었다. "도망치세요!"라는 경관과 직원의 목소리, 우당탕 출구로 향하는 손님들의 발소리만 우두커니 들을 수밖에 없었다.

마침내 그 발소리가 끊기고 자신만 도망치지 못하고 남겨졌다는 사실을 깨달았다. 아무래도 인질이라는 게 된 모양이었다.

같은 시각, 나리타는 도요TV 10층에 있는 〈모니스타!〉의 스태프 룸에서 영수증을 정리하고 있었다.

'그 여자 탓'이라는 말을 마음속으로 수없이 되풀이했다. 다치바나 마이코가 그만둔 뒤로 나리타는 계속 고생 중이었다.

마이코가 그만둔 뒤 후임 AD를 찾을 때까지 AD 일까지 자신이 해야 했다. 최근에는 'AD 일은 너무 힘들다'고 여겨지는 탓인지 좀처럼 사람을 구할 수 없었다. 겨우 찾았다고 생각하면 영 쓸모없는 녀석들뿐이었다.

아니, 누구든 처음에는 쓸모가 없다. 자신도 그랬다. 선배에게 엄격하게 교육을 받아 조금씩 제 역할을 하게 되는 것이다.

마이코가 그만두고 2주가 지나서야 겨우 후임이 왔다고 생각했는데 사흘 만에 잠적했다. 조금 혼냈을 뿐인데.

그다음에 온 녀석은 처음 인사할 때 이렇게 못을 박았다.

"저는 마음이 약하니 혼내지 마세요."

상사에게도 이런 소리를 들었다.

"요즘 젊은 애들은 엄격하게 하면 바로 그만두니까 적당히 해. 안 그래도 최근 과로사 뉴스가 많아서, 여차하면 악덕이니 갑질이니 하는 소리를 듣는다고. 업계 전체가 개선을 위해 노력해야 하니까."

웃기고 있네. 나는 아무리 힘들어도 이를 악물고 버텼다. 그렇게 디렉터가 되었다. 친절하게만 굴면 후배가 크는 데 시간이 너무 많이 걸린다. 그냥도 인력이 부족한데, 그렇게 되면 TV는 물론 일본의 조직 자체가 붕괴한다고.

다치바나 마이코는 그런 점에서 가능성이 있다고 생각했다. 아무리 화를 내도 "네, 네" 하고 들었다. 나름 근성 있는 녀석이라고 생각했다. 그래서 더 엄격하게 단련시키려고 했는데.

그러나 그건 나리타의 착각이었다. 속으로 스트레스를 쌓고 쌓다가 뚝 부러지고 말았다. 불만이 있으면 말했어야 한다. 부딪쳐 왔으면 좋았을 텐데. 그런 말을 하지 않고 버티다가 무슨 앙갚음이라도 하듯 그만두다니……

최근 〈모니스타!〉의 시청률이 조금씩 하락하고 있었다. 좀 더 숫자를 올릴 수 있는 소재를 잡아야 한다는 압력이 상당히 강해졌다. 이리저리 채인다는 말은 이런 경우에 해당했다.

나리타가 그런 생각을 하고 있을 때 벽에 설치된 스피커가 "핑 퐁핑퐁" 하는 소리를 냈다. 긴급 뉴스를 알리는 것이다.

보도 담당은 아니지만 나리타의 뺨이 굳었다.

"긴급 속보. 오전 9시 26분, 시부야 구 우다가와초 인터넷 카페에서 엽총을 소지한 남자의 농성 사건 발생. 인질을 잡은 상황. 인질의 성별이나 숫자는 확인 중."

사무실에 있던 전원이 일제히 술렁였다. 인질 농성 사건은 매스컴 각사가 가장 주력하는 소재 중 하나였다.

나리타도 벌떡 일어났다.

"보도에 확인해!"

누군가가 소리쳤다.

이런 경우 보도부는 당연히 취재팀을 현장에 급파한다. 작은 사건이라면 정보 프로그램팀은 취재부가 취재한 정보와 영상을 나중에 받는다. 그러나 큰 사건인 경우는 정보 프로그램도 독자적으로 취재팀을 보내는 경우가 있다. 그 점을 판단할 필요가 있었다.

일찌감치 각 프로그램의 프로듀서들이 모여 의견을 나누고 있었다.

나리타는 선 채 벌어지는 상황을 지켜봤다. 부탁해, "나가"라고 말해줘. 나리타는 기도했다.

스포트라이트를 받는 장소에서 성과를 올릴 기회였다.

"우리도 취재팀을 보낸다. 나리타, 네가 가!"

부장이 나리타를 보고 말했다.

"알겠습니다."

내심 뛸 듯 기뻤지만, 나리타는 무표정을 가장하고 그렇게 대답했다.

나리타는 스태프에게 말해 준비를 마치고 구르듯 사무실을 나왔다.

인터넷 카페 안에는 마이코와 엽총을 든 남자 둘만 남았다. 다른 사람들은 모두 피난했겠지. 마이코는 자신이 인질이 되었다는 걸 분명히 인식했다.

조금 전 순찰차 사이렌 소리가 들렸다. 여러 대가 내는 소리였다. 빌딩 앞에 순찰차가 멈춘 듯했다. 아마 구경꾼들도 모여들기 시작했을 텐데, 여기서는 그 소리까지는 들리지 않았다. 밖에 있는 경찰이 내부 상황을 계산하는 중인지 아직 어떤 움직임도 없었다.

남자는 흥분을 가라앉히려는 듯 보였다. 중얼중얼하면서 통로를 어슬렁거리고 있었다. 마이코는 개인실 안에 주저앉은 채 남자가 제정신을 차리길 기도했다.

남자에게 말을 걸어도 될까. 괜히 자극을 주면 안 될 것 같았다. 하지만 차분해지기 위해 대화를 하는 게 낫지 않을까.

"저기……."

남자에게 안 들린 모양이었다.

"저기요!"

남자는 깜짝 놀라 마이코를 봤다. 설마 말을 걸어오리라고는 생각하지 못한 듯했다. 남자가 몸까지 돌리는 바람에 총구도 마이코를 향했다. 마이코는 깜짝 놀라 반사적으로 양손을 들었다. 총이 겨눠진 건 태어나 처음이었는데 자기도 모르게 손을 들었다. 영화나 TV에서 본 기억이 그렇게 행동하게 만든 걸까.

남자는 마이코가 양손을 든 걸 보고 서둘러 총구를 내렸다.

"아, 그게 아니라."

총구를 겨눌 생각은 아니었다는 의미겠지.

"뭐지?"

"저기…… 왜 이런 일을?"

"왜? 너 때문이잖아!"

마이코는 무슨 소린지 몰랐다. 남자의 호통에 마이코는 총구가 자신을 겨누지도 않았는데 양손을 들고 말았다. 그러자 남자가 총구를 들이댔다. 순서가 완전히 뒤바뀐 건데, 상대가 손을 들면 총을 든 사람도 반사적으로 총구를 들이대는 걸까. 총구가 다시 자신을 향하자 쿵쿵 심장박동이 빨라지고 온몸이 굳었다.

"네가 경찰을 불렀지?"

"예?"

"경찰이 왔잖아."

"오긴 했는데…… 제가 부르지 않았어요."

"거짓말 마. 옥상에서 내가 이 총 가진 걸 보고서 신고한 거 아냐?"

"안 했어요. 옥상에서 보긴 했는데, 총을 가지고 있었어요?"

"아니, 거기 숨겨뒀어. 거기에는 아무도 안 올 거라고 생각했는데 얼마 전에 네가 있었잖아. 점점 마음에 걸려서. 숨기는 장소를 바꿀까 했는데 오늘도 만나고…… 들킨 게 아닐까 생각했어……. 그랬는데 경찰이 오고."

완전히 오해에서 비롯된 행동이었던 모양이다.

마이코는 괜한 오해를 사 조금 미안한 마음이 들었다. 남자는 마이코가 거짓말하는 게 아니라는 걸 이해한 듯했다.

"그럼, 안 불렀어?"

"네."

"……"

순간의 정적.

마이코가 잠시 가슴을 쓸어내리는데, 남자가 "으아!" 하고 소리를 질렀다. 마이코는 또 몸을 움츠렸다.

"그 말은…… 이런 일을 하지 않아도 됐다는 거잖아! 어떻게 된 거야!"

"죄송합니다!"

"아니…… 내가 착각한 게 잘못이지. 바보네, 아! 바보야!"

남자는 이번에는 자신에게 화를 냈다.

마이코는 일단 진정했으면 좋겠다고 생각했다. 화가 치밀어 총을 쏴대면 큰일이다.

잠시 후 남자가 한숨을 쉬었다. 조금은 진정한 듯했다.

"왜 총을 숨기셨어요?"

"이거, 몰라?"

남자는 주머니에서 신문지 조각을 꺼내 마이코에게 내밀었다. 읽어보라는 소린 줄 알고 마이코는 그 종잇조각을 받았다. 중간 정도 크기의 기사를 잘라낸 거였다.

"은행원을 엽총으로 쏜 공장주 도망."

거기에 이 남자의 사진이 실려 있었다. 이름은 다도코로 게이스케. 나이는 46세였다.

"나, 작은 공장을 경영했어. 금형이나 목형을 만들었지. 기술은 있었는데 경영에는 재능이 없었어. 자금 운영이 악화돼 도산했어. 은행원은 아주 지독해. 맑은 날에는 우산을 빌려주고, 비가 오면 오히려 빼앗아 간다고들 하는데 정말 그래……. 나, 빚을 갚으라

고 온 은행원을 쫓으려다 나도 모르게 총을 쐈어……. 아니, 쏠 생
각은 아니었어. 그저 겁이나 좀 주려던 것뿐이었지……. 물론 총
알도 일부러 빼놓았고. 그런데 경찰을 불러…… 그야 당연히 부르
겠지……. 나, 도망쳤어…… 도망자가 된 거야……. 도망치다 지
쳐서 이곳에 묵었어. 하지만 돈도 없어지고…… 이제 출두해야 하
나 생각했지."

마이코가 오해의 원인을 만들지 않았다면 출두했을 거라는 말
인가.

"죄송합니다."

"뭐가?"

"어쩐지 제 탓인 것 같아서."

"이제 소용없지."

다도코로는 조금 더 차분해진 것 같았다.

"이름을 물어봐도 될까?"

"예?"

"이름. 오랫동안 함께 지내게 될지도 모르는데."

"다치바나입니다."

"나는 다도코로……." 조금 망설인 다음 말했다. "잘 부탁해."

"저도요."

"뭐라고 해야 할까. 거리를 어떻게 유지해야 할지 모르겠네."

"거리요?"

"범인과 인질."

"아……."

마이코가 인질이 된 건 처음이었지만, 상대도 인질범이 된 게 처음이었다. 마이코는 "둘 다 초보네요"라고 농담을 하려다가 입을 다물었다.

　"아, 왜 이런 일이 벌어졌을까."

　그때였다. 입구 쪽에서 남자 목소리가 들렸다.

　"안에 있는 사람. 안에 있는 사람. 들리나?"

　'안에 있는 사람'은 한심한 호칭이었지만 그 밖에 적당한 호칭도 없었겠지.

　그 소리를 듣고 다도코로가 순간 경계했다.

　"들어오지 마! 이, 인질이 어떻게 되어도 모, 몰라!"

　다도코로가 더듬더듬 소리를 질렀다.

　"인질이 있나?"

　"있다. 하나."

　"인질은 무사한가?"

　"무사하다."

　다도코로는 마이코를 보고 '일어나!' 하듯 눈짓을 했다.

　마이코는 조심스럽게 일어나 까치발로 벽 위로 살짝 고개를 내밀고 접수대 쪽을 봤다. 사람은 보이지 않았다.

　"괜찮다고 말해."

　"저기, 저는 괜찮습니다."

　다도코로가 바라는 대로 일단 순순히 따랐다.

　"다치진 않았습니까―?"

　"괜찮습니다―."

상대에 맞춰 어미를 길게 늘여 말하고 말았다.

"인질은 당신 혼자입니까?"

"예."

"남자, 이름을 말하세요."

"바보냐! 말하겠냐! 그 정도는 너희가 조사하라고!"

"인질의 이름은?"

마이코가 슬쩍 다도코로를 봤다. 다도코로는 그 정도는 괜찮다는 듯 고개를 끄덕였다.

"…… 다치바나 마이코입니다."

"남자, 요구가 있나?"

"……"

다도코로는 순간 말문이 막혔지만 곧 소리쳤다.

"요구는…… 1억 엔이다! 1억 엔. 경찰이 준비해라. 준비 못 하면 인질을 죽이겠다!"

마이코는 놀라 다도코로를 봤다. 다도코로는 '농담'이라고 말하듯 얼굴을 찡그렸다.

"배가 고프진 않나요? 먹을 건 있습니까?"

"음식은 팔 수 있을 만큼 있어."

그 뒤로는 아무 소리도 들리지 않았다.

"저기, 괜찮겠어요. 1억이라는 말을 해도?"

"괜찮아! 어차피 잡혀. 실컷 말하고 죽어야지."

다도코로는 농담인지 진담인지 그런 말을 했다.

마이코의 얼굴에서 핏기가 가셨다. 눈앞에서 사람이 죽는 건 싫었다. 아니, 이 남자는 날 저승길 친구로 데려가려는 게 아닐까. 그럴 가능성을 부정할 수 없었다. 가만히 사건 해결을 기다리고 있어선 안 될 것 같은 기분이 들었다.

나리타는 회사 밴으로 현장 근처에 도착했다. 카메라, 음성 스태프와 함께였다.

네트마니아로 들어가는 빌딩 앞은 이미 구경꾼과 보도진으로 인산인해를 이루고 있었다. 안 그래도 통행이 많은 곳인데 사건 소식을 듣고 구경꾼들이 더 가세했다.

최근에는 트위터를 통해 사건 소식이 순식간에 퍼진다. 수많은 구경꾼들이 사진과 동영상을 찍어 인터넷에 올리기 때문에 혼란은 더욱 가중되었다. 경찰이 폴리스라인을 쳐 빌딩에 다가오지 못하게 막고 있었다.

나리타 일행은 당연한 권리인 듯 인파를 헤치고 앞으로 나갔다. 도요TV 보도부 기자가 먼저 와 있었다. 이마니시라는 선임 여기자였다. 늘 날이 바짝 선 정장 차림으로 남자들은 살짝 어려워했다.

"뭐 하러 왔어?"

이마니시는 나리타 일행을 발견하고 예상대로 깔보듯 말했다.

"취재요."

"여기는 좁으니까 비켜줄래? 같은 회사가 두 팀이나 있는 것도 이상하니까."

보도부는 자신들이 우선적으로 취재할 권리가 있다고 생각하는 듯했다. 여기서는 싸우지 말고 물러서는 게 나을 듯했다. 큰 사건이라 정보 프로그램 부서도 취재팀을 보내긴 했지만 이렇게 될 줄 이미 알았다. 테이프 분실 건도 있으니 보도부와는 괜한 트러블을 일으키고 싶지 않았다.

"알겠습니다."

나리타가 그렇게 대답했을 때 이마니시의 부하가 한쪽에서 달려왔다. 경찰에서 뭔가 정보를 들은 듯했다.

"인질은 한 명. 이름이 밝혀졌습니다. 다치바나 마이코."

낯익은 이름에 나리타는 순간 자신의 귀를 의심했다.

"뭐라고?"

"인질로 잡혀 있는 사람은 다치바나 마이코라는 여성입니다."

마이코는 트위터를 봤다. 이 일이 보도되고 있는지 보려던 것이다. 최신 뉴스는 뉴스 사이트보다 트위터가 빠른 경우가 많았다.

'시부야', '사건'으로 검색했다.

"시부야에 사람들이 잔뜩 모여 있다. 무슨 사건?"이라는 글이 바로 떴다. 이 빌딩 앞에 모인 사람들을 찍은 사진이 첨부되어 있었다. 아직 사건 내용은 모르는 모양이었다. 그래도 마이코는 바깥 상황을 처음으로 알 수 있었다.

마이코가 스마트폰을 조작하는 모습을 보고 다도코로가 험악한 표정을 지었다.

"그게 뭐야!"

"트위터요……."

"트위터? 인터넷에 뭘 적는 거지?"

112

"그게 아니라…… 바깥은 어떤 상황인지 살짝 봤을 뿐이에요."

"진짜야? 경찰에 전화하려던 거지!"

"안 해요. 이거 전화는 안 돼요."

"전화가 안 되다니? 무슨 소리야?"

"정말이에요. 요금을 못 내서 끊겼어요."

마이코는 전화회사에서 온 통지 메일을 스마트폰 화면에 불러 내 다도코로에게 보여줬다. 다도코로가 화면을 들여다봤다. 메일 내용을 읽고 알아들은 모양이었다.

"돈이 없어?"

"네."

"왜?"

마이코는 이제까지의 일을 대충 정리해 말했다.

AD 일을 했던 것, 실수를 하고 그만둔 것, 같이 살던 친구에게 쫓겨난 일, 자기도 모르게 어머니의 연대보증인이 돼 돈을 빼앗긴 일, 취직이 잘되지 않아 이 인터넷 카페에서 살게 된 것.

과장하지 않고 사실만을 말할 생각이었다. 그런데 마이코를 보는 다도코로의 표정이 얘기를 들으며 변했다. 그 눈에는 뭐랄까 슬픔이랄까 자애로운 감정이 담겨 있었다. 마이코는 그렇게까지 동정받을 정도는 아니라고 내심 생각했다. 기어이 다도코로는 눈물을 보이기까지 했다.

"알아……. 잘 안다고……. 미안해."

"예? 뭐가요?"

"난 널 가벼운 젊은이라고 생각했어……. 이런 데서 만화만 읽다니 아까운 젊음을 낭비하고 있다고 말이야……. 그런데 고생이 많았네."

"아니 뭐, 감사합니다만……."

일단 인사를 했다.

"사회가 틀려먹었어! 젊은이가 이런 데서 살 수밖에 없다니!"

마이코는 자신이 청년 대표처럼 얘기되는 데 불편함을 느꼈다. 그러나 다도코로는 마이코의 기분 같은 건 전혀 개의치 않고 계속했다.

"세상에는 연금으로 편안하게 사는 노인도 있어. 일본의 저축 대부분을 노인들이 독점하고 있잖아? 앞으로의 일본을 지탱할 젊은이들에게 돈이 돌아가지 않고 이런 상태로 방치돼선 안 되지. 세대 격차가 너무 심해."

다도코로는 흥분해 연설을 시작했다. 어쨌든 쉽게 흥분하는 성격인 것 같았다. 아니면 오늘의 이상한 상황이 그를 그렇게 만드는 걸까.

"괜찮은 젊은이가 왜 이런 고생을 해야 하냐고? 이상해!"

다도코로의 동정은 당면한 신상의 안전과도 연결돼 마이코는 "괜한 참견"이라고는 말하지 않았다.

빌딩 밖에서는 경찰이 정보를 조금씩 공개하고 있었다.

"인질범은 다도코로 게이스케, 46세. 무직. 10월 30일, 자택 겸 공장에서 은행원을 향해 엽총을 발포한 살인미수 혐의로 지명수배 중. 동일한 종류의 엽총을 소지한 점과 인상이 유사한 점에서

동일 인물로 단정. 발포 사건 뒤 도망 중이다 오늘 오전 9시 반경, 시부야 구 우다가와초의 인터넷 카페 네트마니아에서 갑자기 엽총을 꺼내 천장을 향해 발포, 안에 있던 손님 다치바나 마이코 씨를 인질로 잡고 농성 중. 목적은 불명. 인질 신원은 현재 확인 중."

그 다치바나 마이코가 인질로? 어떻게 된 거지? 나리타는 이 상황을 어떻게 받아들여야 할지를 놓고 머리를 고속으로 회전시키고 있었다.

그렇지만 아직 나리타가 아는 다치바나 마이코가 인질이라는 확증은 없었다. 아까 나리타는 마이코의 휴대전화 번호로 전화를 걸었다. 그러자 "이 번호는 고객의 사정으로 현재 연결되지 않습니다"라는 안내가 나왔다. 메일과 LINE으로도 "연락 바람"이라는 메시지를 보내놨는데 아직 답은 없었다.

만약 인질이 자신이 아는 바로 그 다치바나 마이코라면 개인적 친분을 이용해 안의 상황을 실황중계시킬 순 없을까. 그렇게만 된다면 엄청난 특종이었다.

생중계가 무리면 스마트폰으로 안의 상황을 녹화하거나 사진만 찍어줘도 좋다. 그러면 도요TV 독점으로 방송할 수 있으리라.

마이코가 '촬영했다가 나중에 나리타 씨에게 줘야지. 틀림없이 좋아할 거야. 신세도 졌고, 갑자기 그만둬 폐도 끼쳤으니 이걸로 은혜를 갚아야지' 하고 생각할지도 모른다. 나리타는 이렇게 자기 편할 때로 상상했다.

그러나 동시에 마이코가 그런 배려를 할 여자가 아니라고도 생각했다. 그렇게 때려치운 걸 봐도 그렇고, 오히려 원한을 품고 골

탕을 먹이려고 일부러 다른 방송국에 영상을 넘길 우려도 있었다. 아니, 그럴 가능성이 더 높을지도 모른다.

다른 보도진은 아직 인질인 다치바나 마이코에 대해 이름밖에 몰랐다. 보도부의 이마니시도 마찬가지였다. 인터넷으로 이름을 검색해봐도 아무것도 나오지 않을 것이다. 이 어드밴티지를 활용할 방법이 없을까. 그러면 보도부에도 한 방 먹일 수 있다. 이번에는 상대가 우리 쪽에 정보 좀 달라고 고개를 숙일 차례였다. 나리타는 이마니시가 자기 앞에서 고개 숙이는 모습을 망상했다.

그때 "범인에게서 코멘트가 나온 것 같다"고 보도진 중 누군가가 말했다.

나리타는 망상에서 정신을 차렸다. 주위 보도진이 일제히 술렁였다. 세워져 있던 경찰 차량에서 홍보 담당 형사가 내렸다. 기자들이 그의 주위로 몰려들었다.

"아, 방금 인질범이 요구라며 알려왔습니다."

홍보관은 수첩을 보면서 말했다. 기자들이 일제히 카메라와 IC 녹음기를 들고 메모할 태세를 갖췄다.

"다치바나 마이코 씨의 빈곤 문제를 어떻게든 해결하라…….
그것이 투항하는 조건이라고."

"…… 저기, 한 번 더 말씀해주세요."

"다치바나 마이코 씨의 빈곤 문제를 어떻게든 해결하라, 입니다."

홍보관의 목소리는 당황스러운 듯 들렸다.

보도진도 순간 어리둥절한 듯 정적이 흘렀다가 둑이 무너지듯 질문을 쏟아내기 시작했다.

"아니, 그게 무슨 소립니까?"

기자 하나가 물었다.

"자세한 내용은 알 수 없습니다. 그런 요구를 해왔다는 것뿐입니다. 현재 전달할 수 있는 건 그뿐입니다."

"다치바나 마이코는 인질로 잡혀 있는 여성이죠? 범인과는 어떤 관계입니까?"

"그것도 아직 확인하지 못했습니다."

"그 요구는 누구를 상대로 한 겁니까?"

"그게 특별히…… 국가라고 해야 하나, 세상일까요."

기자들은 더욱 거세게 홍보관에게 질문을 던졌다.

그러나 홍보관은 일방적으로 "이상입니다"라고 말하고는 회견을 끝내고 차량 안으로 돌아갔다.

"무슨 소리야?"

"글쎄……."

"범인 녀석, 머리가 돈 거 아냐."

남은 기자들도 혼란스러웠다. 지금 정보를 그대로 보도해야 하나 망설이고 있는 것이다.

나리타의 머리는 더욱 혼란스러워졌다. 다치바나 마이코를 구제? 그 여자가 빈곤? 무슨 소리지?

어쨌든 이제까지 인질에 불과했던 마이코가 단숨에 화제의 중심으로 떠올랐다.

나리타는 흥분과 동시에 초조함을 느꼈다. 보도진 옆에 우두커니 서 있는 것만으로 끝나서는 안 된다. 인질이 정말 나리타가 아는 다치바나 마이코라면 예전 상사라는 어드밴티지를 어떻게든 활용하지 않으면 안 된다.

"그녀를 취재하고 싶다면 나를 통해야 한다."

무슨 짓을 해서든 이렇게 말할 수 있는 입장을 확보할 필요가 있었다.

마이코는 예상치도 못한 전개에 동요하고 있었다. 다도코로는 마이코를 동정한 나머지 기묘한 요구를 하고 말았다.

"요구는 이걸로 하자." 다도코로의 말에 마이코는 당연히 그러지 말라고 했다.

"괜찮아, 괜찮다고. 지금의 나는 무적이야. 뭐든 녀석들에게 요구할 수 있는 입장이야."

그러나 다도코로는 마이코의 말을 듣지 않았다.

절망했나 싶었는데 느닷없이 전능감에 사로잡히다니, 정말 정신없는 남자였다. 마이코를 도우려는 것보다는 하고 싶은 말을 다하고, 게다가 모두가 자기 말에 귀 기울여주는 지금의 상태를 즐기고 있는 것 같았다. 마이코는 원하지도 않는 오지랖이 아닐 수 없었다.

지금의 생활에서 벗어나고 싶은 마음이야 물론 있었다. 그렇지만 그를 위해 최대한 노력하고 있느냐고 물으면 솔직히 자신 없었다. 세상에는 정말로 구제가 필요한 젊은이들이 있을 것이다. 그러나 다도코로는 말도 안 되는 동정으로 마이코를 일본 사회의 희생자 대표로 끌어올렸다.

"벌써 뉴스가 됐나? 한번 봐!"

다도코로가 그렇게 말해 마이코는 스마트폰으로 트위터를 봤다.

마이코는 자신의 타임라인을 살폈지만 아직 '인질범이 요구를 밝혔다'는 정보는 없었다.

"너무 이상한 요구라 보도진도 당황하고 있지 않을까요?"

마이코는 그렇게 말하면 다도코로가 또 화를 내지 않을까 조금 걱정하며 말했다.

"그런가? 이상했나. 아무래도 그랬나."

다도코로는 단숨에 반성 모드로 들어갔다.

그때 마이코는 스마트폰에 메일이 온 걸 깨달았다. 인질이 되고 나서는 메일을 확인할 여유가 없었다. 보낸 사람은 '나리타'였다.

나리타가 이런 상황에 무슨 용건이 있을까. 지금은 메일이나 보고 있을 상황이 아니라고 생각하고 있는데, 메일 제목이 "혹시 너야?"였다. 인질이 된 사실을 말하는 걸까. 마이코는 메일을 열어보았다.

"시부야 인질범 사건, 인질 다치바나 마이코가 너야? 괜찮아? 나는 빌딩 앞에 있다. 힘이 되고 싶다. 연락해."

나리타가 사건 현장에 취재를 온 건 이상할 게 없었다. 거기서 인질의 이름을 듣고 메일을 보냈을 것이다. 걱정하는 말투였지만 소재를 독점하고 싶다는 속내가 훤히 보였다. 정보 프로그램 디렉터가 인질과 아는 상황이라는 걸 이용하려 하지 않을 리가 없었다. 나리타와 연락하면 마이코는 TV 시청자의 흥미로운 시선 앞에 프로그램 소재로 노출될 게 빤해 메일은 무시하기로 했다.

마이코는 개인실 컴퓨터로 다도코로도 인터넷 뉴스를 볼 수 있게 했다.

다도코로는 모니터를 유심히 보며 뭔가를 생각하더니, 갑자기 고개를 들고 마이코에게 말했다.

"트위터에 좀 적어."

"예?"

"요구가 받아들여지지 않으면 살해당한다고 써."

"예? 죽일 거예요?"

"죽이겠어? 그냥 하는 말이지."

다도코로는 다시 흥분 상태로 들어간 듯했다.

"하지만 뭐라도 적으면 불에 기름을 붓는 격일 텐데……."

"그러니까 부으라고!"

어느새 다도코로는 무의식적으로 마이코에게 총을 겨누고 있었다. 마이코는 위험을 느끼고 황급히 스마트폰 트위터 화면을 열었다.

"쓸게요, 쓴다고요. 하지만 뭐라고?"

"그건 스스로 생각해."

마이코는 다도코로를 만족시키면서 세상을 너무 소란스럽게 하지 않을 무난한 글을 써야 하는, 매우 이상한 궁지에 몰려 있음을 깨달았다.

마이코는 여러모로 생각한 끝에 적었다.

"나는 무사합니다. 한시라도 빨리 해결되길 바랍니다."

글을 올린 후 마이코는 문득 깨달았다.

이 계정은 익명이다. 어떤 글을 쓰든 인질인 다치바나 마이코가 썼다는 사실을 아무도 모른다.

하지만 다도코로는 그런 걸 잘 몰라 마이코는 조금 안도했다.

마이코는 글을 다 올린 후 자신과 다도코로의 요구가 인터넷에 퍼졌는지 트위터를 검색했다. 이럴 때 트위터의 정보 전파 속도는 최고다.

조금 전 검색했을 때는 별다른 정보가 나오지 않았는데, 지난 몇 분 사이 상황은 극적으로 변해 있었다.

"인질의 이름은 다치바나 마이코 씨"라는 뉴스가 나왔던 것이다.

"'다치바나 마이코 씨의 빈곤 문제를 어떻게든 해결하라.' 인질범의 이상한 요구."

"앗, 나왔습니다."

그렇게 말하고 다도코로에게 스마트폰 화면을 보여주었다.

"흥. 뭐가 이상하다는 거야?"

이름이 한자로 정확히 적혀 있는 걸 보니 경찰이 자신을 파악한 모양이었다. 어떻게 된 일이지, 생각한 순간 마이코는 화면에 뜬 숫자를 보고 놀랐다. 마이코의 트위터 팔로워가 순식간에 만 명을 넘어선 것이다. '알림' 칸을 보니 수십 건의 댓글이 있었다.

"다치바나 마이코 씨, 힘내요.", "마이코 씨, 무사해요? 걱정됩니다." 마이코의 신변을 걱정하는 글이 대부분이었다. 이 계정은 익명인데도 인질이 된 다치바나 마이코의 것이라는 사실이 세상에 알려진 모양이었다. 어떻게?

마이코는 초조한 마음으로 트위터를 더 살폈다. 마침내 범인을 알았다. 야마오카였다.

"이것은 인질이 된 다치바나 마이코의 계정. 마이코 씨에게 격려의 메시지를 보내자."

야마오카가 이런 글을 올렸던 것이다. 거기에 마이코의 유저명 '@ikoma2'도 적혀 있었다. 이걸 본 사람은 유저명을 클릭하는 것만으로 마이코의 계정에 들어온다. 마이코가 과거에 적은 글도 많은 사람이 찾아본 모양이었다.

트위터에는 '트윗 액티비티'라는 기능이 있어서 글마다 본 사람의 숫자가 증가하는 상황을 실시간으로 볼 수 있다. 최근 쓴 글은 이미 천 단위의 사람들이 보았고, 매초마다 10명, 20명씩 늘어났다. 게다가 리트윗되어 보는 사람이 더 늘어나는, 이른바 '알티 탄다'라는 상태가 되어 있었다.

"마이코 씨죠? 무사해요? 걱정합니다. 괜찮으면 글을 올려요!"

"나도 무직입니다. 마이코 씨의 트윗에 공감합니다."

"정부는 청년들을 외면하고 있습니다. 마이코 씨에 대한 구제책을 돌파구로!"

마이코에 대한 댓글은 모두 호의적이었다. 걱정해주는 건 고맙지만 점차 정치적 주장이 섞인 글이 많아졌다.

마이코는 급변하는 상황에 그저 아연실색해 스마트폰만 쳐다보았다.

조금 전, 야마오카는 시부야의 맥도날드에서 커피를 한 잔 시키고 버티고 있었다.

오전 중에는 휴지 돌리기를 했는데, 다치바나 마이코라는 여성이 인질이 되었다는 걸 뉴스로 안 후 바로 일을 중단하고 이곳에서 상황을 지켜보고 있는 중이었다.

이 가게는 인질 사건이 발생한 네트마니아에서 조금 떨어진 곳에 있었다. 바로 옆자리 젊은이들이 "이 근처에서 인질 사건이 일어났대", "어머, 정말?" 같은 얘기를 나누며 스마트폰을 만지고 있었다. 그들은 뉴스를 보고 "와, 큰일 났다", "네트마니아에 가본 적 있어" 같은 말을 했는데, 곧 질렸는지 다른 화제로 옮겨갔다.

야마오카가 제일 먼저 한 일은 다치바나 마이코가 자신이 아는 바로 그 마이코인지를 알아보고자 마이코의 트윗 계정 '@ikoma2'를 확인한 거였다. 오늘 올라온 글은 하나도 없었다. 그야 그렇지. 인질이 되었는데 태평하게 "인질이 되었다"고 올리는 바보는 없겠지.

그런데 그 직후 바보 같은 일이 일어났다.

마이코의 트위터에 "나는 무사합니다. 한시라도 빨리 해결되길 바랍니다"라는 글이 올라온 것이다. 틀림없다. 인질은 마이코라고 확신했다.

그리고 생각해낸 것이 '@ikoma2'가 인질인 마이코라는 사실을 세상에 알리는 거였다. 그 결과 무슨 일이 일어나고 있는지는 아직 몰랐다. 어쨌든 야마오카에게 나쁠 건 없으니 멀리서 좋은 구경이나 하면 되었다. 손해 볼 건 없었다.

야마오카는 자신의 팔로워들에게 "이것은 인질이 된 다치바나 마이코의 계정. 마이코 씨에게 격려의 메시지를 보내자"고 적었다.

그러자 순식간에 리트윗되었다. 이럴 때 트위터가 지니는 생생한 확산력은 대단하다. 불과 몇 분 만에 리트윗 건수가 3천 건을 넘었고, 마이코의 팔로워 수도 만 명을 넘어섰다. 나아가 야마오카의 팔로워까지 3백 명 정도 늘었다. 야마오카는 흥분해 더 연료를 투하했다.

"시부야 인질 농성 사건의 인질, 다치바나 마이코 씨는 내 아르바이트 친구. 걱정이다. 무사하길 빈다"고 적었다. 이것도 바로 천 건이나 리트윗되었고, "걱정입니다"라는 댓글이 여럿 달렸다.

이럴 때는 '시부야 인질 농성 사건', '다치바나 마이코'라는 키워드를 트윗 안에 반드시 넣는 게 중요했다. 그 키워드로 검색 결과에 걸리기 때문이었다. 실제로 톱 키워드 순위에서 '시부야 인질 농성 사건'이 3위에 올라와 있었다. '다치바나 마이코'가 순위에 오르는 것도 시간문제였다. 그때까지 어떻게 해서든 이 소용돌이 속에서 중심 위치를 확보하고 싶다고 야마오카는 생각했다.

야마오카가 그런 생각을 하고 있을 때 사태가 크게 바뀌었다.

"범인의 요구. '인질 다치바나 마이코 씨를 빈곤에서 구제하라.'"라는 헤드라인 뉴스가 야후 뉴스 톱에 걸렸다.

당연히 이 뉴스는 엄청난 속도로 확산되었다. 트위터에서는 "뭐지? 이건 www", "범인이 의문의 코멘트!", "역스톡홀름증후군인가?" 같은 글이 쏟아지며 점점 뉴스 확산에 박차를 가했다.

야마오카는 자신에게 바람이 불어오고 있다고 느꼈다. 뇌에서 아드레날린이 분출했다. 이제까지 세상이라는 녀석 때문에 실컷

쓴맛만 봐왔다. 이제 되갚아 줄 기회였다. 야마오카는 이 뉴스를 바로 자신의 계정에서도 퍼뜨릴 작업에 착수했다.

"안에서 무슨 일이 일어나고 있는 걸까. 마이코 힘내!"라고 적었다. 물론 뉴스도 링크했다.

나리타는 초조했다. 인질 본인의 트윗과 리트윗으로 인질의 이름이 다치바나 마이코라고 판명되자, 곧 그 이름을 드러내 놓고 보도해야 하나, 아니면 익명으로 해야 하냐는 논의가 보도진 사이에서 일어났다. 나리타가 자신이 지인이라는 유리함을 이용하기 위해서는 이름이 노출되는 게 절대 조건이었다. 어디 사는 누군지도 모르는 여성이어서는 곤란했다. 나리타뿐 아니라 여러 사람이 실명 보도를 주장했다. 가족에게 정보가 전해지는 게 낫다는 이유였지만, 속내는 그 편이 보도가 훨씬 뜨거워지기 때문이었다.

신중파가 물러나며 드디어 실명 보도가 시작되었다.

나리타는 마이코와 아는 사이라고 이마니시에게 알렸다. 예상대로 이마니시는 놀라며 나리타를 깔보는 시선도 줄어들었다.

그러나 나리타가 마이코의 지인이라는 점을 활용할 수 있는 상황은 좀처럼 오지 않았다. 마이코와 연락을 취할 수 없는 상황에서는 어쩔 도리가 없었다.

마이코와 다도코로는 30분쯤 전에 다도코로의 요구가 보도된 걸 확인했다. 그러나 아직 경찰은 아무런 답이 없었다. 그도 그럴 것이다. 이런 요구에 "알았다. 다치바나 씨를 빈곤에서 구제하기 위해 정부는 위원회를 설치하기로 결정했다"라는 대답을 바로 내놓을 수는 없을 것이다. 회답할 수 없는 요구라는 건 다도코로도 알고 있었다.

"지금쯤 어떻게 대답할까 이마를 맞대고 생각 중일 거야. 현실적으로 받아들여지긴 힘들겠지. 그렇다고 거절하면 네가 살해될 테고. 상당히 힘들 거야."

"경찰을 괴롭혀서 어쩌려고요?"

"경찰이든 공무원이든 대기업이든 대단한 녀석들을 괴롭히면 그만이지."

논리가 전혀 없었다. 마치 애들 싸움 같았다.

그러나 지적하는 건 그만두기로 했다.

"나도 이렇게 된 게 자업자득인 건 알아. 날 도와달라고 해봤자 무슨 한심한 소리냐는 얘기만 듣겠지. 그러니 적어도 네 상태를 세상에 알리고 싶었어. 이렇게 공감하는 사람들이 잔뜩 있잖아. 너에 대한 공감은 나에 대한 공감이야. 돈이 없다는 건 불안하지. 하지만 돈이 없어도 미래에 대한 희망이 있으면 돼. 지금은 가난하지만 희망만 있으면 고생도 참을 수 있지."

말이 이리저리로 튀어 지리멸렬했는데, 무슨 말을 해도 어쩔 수 없었다. 앞으로 자신의 몸에 무슨 일이 생길지, 이토록 예측할 수 없는 상태에 놓인 건 마이코 인생에서 처음이었다. 불안으로 다리가 떨렸다.

이때 접수대 쪽에서 전화가 울렸다. 다도코로는 접수대로 가 전화를 받았다.

"여보세요…… 어? 무슨 소리야…… 시간이라니 얼마나…….
알았다…… 응? 아니, 그건 됐어. 아까도 말했지만 팔 수 있을 정
도로 많다고! 아니면 배달이라도 해줄까?!"

다도코로는 그렇게 말하고 전화를 끊었다.

"누구예요?"

"경찰. 요구 조건을 검토할 테니까 시간을 달래. 흥, 시간 벌기
겠지. 검토라니 무슨 검토?"

"팔 만큼 많다는 건?"

"아, 음식을 넣어준다길래 거절했어. 뭔가 먹자."

다도코로가 손짓을 해서 마이코는 접수대 쪽으로 갔다. 카운터
너머에 선반이 있고 빵과 과자 종류가 진열되어 있었다.

그러고 보니 이 인질극이 시작되고 아무것도 먹지 못했다. 마이
코는 음식이라는 말을 듣자 아주 배가 고프다는 걸 깨달았다.

"그러고 보니 아무것도 마시지도 먹지도 않았네. 원하는 대로
먹어."

다도코로는 그렇게 말하고 먹을거리를 고르기 시작했다.

"이 크림빵, 아주 맛있어."

마이코도 빵을 고르려고 했다. 돈을 내야 할까. 나중에 잔소리
를 듣는 게 싫어서 지갑을 꺼냈다. 계산대에 돈을 두면 되겠지.

그런데 그 직후 예상외의 일이 벌어졌다.

다도코로가 "윽" 하고 신음하더니 온몸을 굳히며 얼굴을 찡그
렸던 것이다.

"왜 그러세요?"

마이코가 물었지만 대답은 없었다.

다도코로가 그 자리에 주저앉았다.

"괜찮아요?"

다도코로는 답이 없었다. 괴로워 보이더니 결국에는 쓰러져 경련을 시작했다.

다도코로에게 뭔가 이상 사태가 벌어졌다는 걸 알 수 있었다. 마이코는 갑작스러운 전개에 어떻게 해야 할지 몰랐다.

일단 구급차를 불러야 한다.

마이코는 재빨리 접수대 전화를 들고 119를 눌렀다.

바로 여자가 나와 "예, 119입니다. 화재입니까? 응급입니까?"라고 물었다.

"응급입니다. 사람이 쓰러졌어요."

마이코는 돌아보며 다도코로를 봤다. 경련이 가라앉을 기미가 없었다.

"괴로운 것 같은데……."

"의식은 있습니까?"

"예."

"장소를 알려주십시오."

"예. 저기, 시부야의 네트마니아라는 인터넷 카페입니다."

순간 정적이 흘렀다.

"저기, 그곳은 인질 사건이 일어나고 있는 곳인데요."

"아, 맞아요. 거깁니다."

"장난 전화는 곤란합니다. 이러는 동안에도 정말로 도움을 요청하는 사람이 있습니다."

전화가 끊겼다.

"장난이라……."

지금 전화를 받은 직원은 뉴스로 이 사건을 안 모양이었다. 네트마니아라는 소리에 장난이라고 생각하는 것도 무리는 아니었다. 다도코로는 거품을 물고 거의 의식을 잃고 있었다.

119번이 안 된다면 경찰 110번이다. 그러나 또 장난 전화라고 하면…….

"맞다. 밖에 있는 경찰한테 얘기하는 게 빠르겠어."

마이코는 엘리베이터 버튼을 눌렀다. 그러나 엘리베이터는 멈춰 있는 모양이었다. 경찰이 막고 있는 듯했다.

다음 순간, 마이코는 망설이지 않고 비상계단으로 달려갔다.

나리타는 빌딩 밖에 있었다. 이 상황에서 아무것도 할 수 없다는 초조함이 최고조에 달했다.

그때 한쪽에서 소란스러운 소리가 났다. 입구 쪽에서 뭔가가 움직인 것 같았다. 보아하니 젊은 여자가 폴리스라인을 지키고 있는 경관과 얘기를 나누고 있었다. 마이코였다. 나리타는 저도 모르게 손을 흔들었다. 그러나 마이코는 모르는 것 같았다. 그럴 상황이 아닌 듯했다.

"앗! 지금 인질 사건이 일어나고 있는 빌딩에서 여성이 나왔습니다. 경관과 무슨 얘기를 나누는 듯합니다. 인질 여성일까요?"

한 방송국 리포터가 마이크를 들고 소리쳤다. 곧바로 몇 개 방송국이 생방송으로 바꾸었다.

마이코와 얘기하던 경관은 곧 다른 경관과 협의하기 시작했다. 얼마 후 몇 명의 경관이 빌딩 안으로 뛰어 들어갔다.

"앗! 경찰이 돌입했습니다. 돌입합니다!"

돌입이라는 건 너무 과장된 표현이었다. 무장한 특수부대가 문을 차고 들어간 게 아니었다. 그래도 경찰이 안으로 들어갔다는 건 큰 변화였다. 마이코는 조금 전 그 자리에 우두커니 서 있었다. 경관 하나가 마이코의 어깨를 안고 한쪽으로 데려갔다.

"저 여성이 인질인 다치바나 마이코 씨일까요? 아직 확인되지 않았습니다. 오후 3시 17분, 경관들이 현장에 돌입했습니다!"

나리타는 경관과 함께 가는 마이코를 "다치바나!" 하고 불렀다. 그러나 주위 보도진도 마찬가지로 "다치바나 씨입니까!", "마이코 씨, 괜찮으십니까!"라고 소리 질렀기 때문에 그들 목소리에 섞여 나리타의 목소리는 마이코에게 들리지 않는 것 같았다.

야마오카는 그때 나리타를 비롯한 보도진 뒤에 있는 구경꾼들 속에 있었다. 맥도날드를 나와 이곳으로 이동했던 것이다. 이제 슬슬 움직임이 있을 거라는 감이 왔기 때문일지도 모른다. 그런 후각은 민감한 남자였다.

그러나 현장은 수많은 구경꾼들로 북적였다. 어중이떠중이 중 하나에 불과한 건 야마오카에게는 탐탁지 않은 상황이었다. 어떻게든 유리한 지점을 획득할 수 없을까. 우연히도 이때 야마오카와 나리타는 같은 생각을 하고 있었다.

그럴 때 마이코가 빌딩에서 나왔다.

야마오카는 바로 스마트폰을 꺼내 녹화 버튼을 눌렀다. 이럴 때는 사진보다는 동영상이다. 찍은 동영상을 바로 트위터에 올렸다. "인질 다치바나 마이코 씨가 풀려났다. 무사해서 다행이다!"라는 글과 함께. 보도진은 아직 그녀가 마이코라는 확증은 없으리라. 마이코를 알고 있는 자신만이 쓸 수 있는 정보였다.

야마오카는 스마트폰을 봤다. 트위터에서는 "인질 석방?"이나 "범인 체포?" 같은 정보가 날아다녔다. 마이코의 계정도 어느새 팔로워가 10만 명을 넘었다. 야마오카는 트위터로 현장의 실황중계를 계속했다.

6. 일본에서 가장 유명한 빈곤 여자

그로부터 4시간 정도가 흘렀다.

나리타는 경찰청 시부야경찰서 5층 대회의실에 있었다. 안에는 수많은 보도진으로 북적이고 있었다. 앞으로 마이코의 기자회견이 열린다. 마이코는 석방된 후 이곳으로 왔다고 한다. 아마도 그후 경찰의 사정청취를 받았을 것이다.

그동안 기자단과 경찰 홍보관이 협의해 마이코의 기자회견을 열기로 했다. 그렇지 않으면 마이코 본인에게 보도진이 쇄도해 상황을 수습할 수 없을 것으로 예측되었기 때문이다.

나리타가 원래 바랐던 상황은 물거품처럼 사라지고, 지금은 보도진 중 하나에 불과했다. 근처에는 이마니시가 나리타의 존재 같은 건 안중에도 없는 듯 자신이 데려온 카메라맨과 의논을 하고 있었다. 마이코와 지인인 주제에 아무것도 못 한 나리타에 대해이 여자의 평가는 바닥을 칠 것이다.

나리타는 이 초조함을 누구에게도 풀지 못하고 있었다. 마이코가 온다는 시간에서 이미 15분이 지나 있었지만 아직 모습을 드러내지 않고 있었다.

마이코는 그 무렵, 마에다라는 경찰 홍보 담당자와 경찰서 안을 걷고 있었다. 기자회견장에 가기 위해서였다.

어째서 이렇게 되어버린 걸까.

마이코는 답 없는 자문자답을 머릿속으로 되풀이하고 있었다.

인터넷 카페에서 나와 다도코로가 쓰러졌다는 사실을 전한 마이코는 경찰 차량 안으로 보내졌다. 이름을 확인할 만한 걸 가지고 있느냐고 묻기에 건강보험증을 보여줬다. 이미 자격을 상실했을 텐데 늘 신세를 지고 있다. 이번에도 무슨 말을 듣진 않았다.

"몸은 어떠세요? 병원에 갈까요?"라는 질문을 받았다. 그러나 이상한 데가 하나도 없었기 때문에 괜찮다고 대답했다. 그 후에는 혼자 놔뒀는데, 조금 있다가 밖에서 구급차 사이렌 소리가 들렸다. 다도코로가 병원에 실려 가는 걸까.

30분쯤 있다가 마이코가 탄 차가 달리기 시작했고, 도착한 곳이 시부야경찰서였다.

시부야경찰서는 역 바로 옆, 메이지도로와 록본기도로 교차점 모퉁이에 있었다. 눈에 띄는 건물이라 늘 보긴 했는데, 안에 들어가는 건 처음이었다.

차는 지하주차장으로 들어갔고, 거기에서 엘리베이터를 타고 위층으로 올라갔다.

영문도 모른 채 인도된 곳은 사무 책상과 파이프 의자뿐인 살풍경한 작은 방이었다. 드라마에서 종종 본 취조실이었다. 마이코는 물론 용의자가 아니라 피해자인데 방은 같은 모양이었다. 인스턴트 같은 커피를 받아서 마시니 긴장이 확 풀렸다.

잠시 기다리고 있으니 마침내 형사 둘이 들어왔다. 여자 형사와 그 상사로 보이는 남자 형사였다. 조금 전 현장에 있던 사람들과는 달랐다. 마이코는 그곳에서 사정을 얘기했다. 질문은 거의 여형사가 했다.

마이코는 인터넷 카페에서 살고 있다는 것, 그리고 오늘 일어난 일에 대해 자세히 얘기했다. 숨길 일도 아니었기 때문에 솔직하게 대답했다.

다도코로가 그런 요구를 한 경위에 대해 특히 자세히 물었다. 이게 가장 중요한 포인트인 듯 아주 집요했다. 다도코로가 마음대로 마이코를 동정해 그런 요구를 했다는 말에 형사들도 납득한 듯했다.

그 후 여형사는 노트북에 뭔가를 치기 시작했다. '진술 조서'라는 걸 작성하는 것 같았다.

이 작업에는 두 시간 정도가 걸린다고 했다. 마이코가 다도코로는 어떻게 되었냐고 묻자, 병원에 실려 갔는데 자세한 상황은 모른다고 했다.

"저기, 제가 지금 꼭 여기 있어야 하나요?"

좁은 방에 있는 게 너무 답답해 조금 바깥 공기를 마시고 싶었다.

"아, 나가셔도 됩니다. 하지만 이 건물 안에 있는 게 나으실 겁니다."

"왜요?"

"당신을 취재하려고 많은 매스컴들이 앞에서 기다리고 있으니까요. 시달리실 겁니다."

마이코는 밖에 나가는 걸 포기하고 작은 방 앞 소파에 앉아 시간을 보냈다. 네트마니아에 그대로 놔둔 마이코의 짐을 한 경찰이 가져다주었다. 조금 앉아 있으니까 근처에서 일하던 젊은 형사가 커피와 샌드위치를 가져다주었다. 어쩌면 자비로 사 왔는지도 모르겠다. 경찰에도 좋은 사람이 있구나. 마이코는 고맙다고 인사하고 먹었다.

조서가 완성되자 다시 방으로 불려 갔다. 마이코는 잠깐 망설이다 짐을 들고 방으로 들어갔다. 그곳에는 조금 전의 남자 형사는 사라지고 여형사 혼자 앉아 있었다.

"그럼 제가 읽을 테니까 사실과 다른 부분이 있으면 말씀해주세요."

여형사는 그렇게 말하고 막 작성된 서류를 읽기 시작했다.

"나는 직장을 잃고, 동거했던 친구 방에서 나와 이른바 인터넷 카페 난민 상태가 되어 올해 10월 무렵부터 시부야 우다가와초 인터넷 카페 네트마니아에서 숙박을 했습니다만……."

조서라는 건 조사받은 사람의 일인칭 시점으로 쓰는 모양이었다. 자신이 쓴 것도 아닌데 일인칭 시점이라니, 느낌이 이상했다.

그중 "다도코로는 돈도 살 곳도 없는 내 입장에 멋대로 공감해 경찰에게 그런 요구를 한 것 같습니다"라는 문장이 있었다. 마이코는 '멋대로'라는 말이 조금 걸렸다. 다도코로는 상당히 핵심을 찌르는 편이었다. 그 요구는 정말 다도코로가 '멋대로' 한 짓일까. 마이코와 둘이 했던 게 아닐까. 하지만 그렇게 생각한 건 순간이었고, 형사는 계속 조서를 읽어나갔다. 마이코는 형사에게 아무 말도 하지 못했다. 형사는 그대로 마지막까지 조서를 읽었다.

"이걸로 괜찮겠습니까?"

"예……."

결국 흘러가는 대로 고개를 끄덕이고 말았다.

"그럼, 여기에 인감을 찍으세요. 없으면 지문 날인해도 됩니다."

마이코는 시키는 대로 지문을 찍었다.

"추가로 질문 드릴 게 더 있으면 연락하겠습니다."

마이코는 자신의 전화가 끊겼음을 알리고 메일 주소를 알려줬다.

그때 양복을 입은 남자가 들어왔다. 삼십대쯤으로 평범한 샐러리맨 같은 인상이었다.

"홍보의 마에다입니다. 앞으로 기자회견에 나가셔야 합니다."

"예? 기자회견?!"

"보도 각사가 당신을 취재하고 싶다는 요구를 해왔습니다. 이 앞에서 당신이 나오기를 잔뜩 기다리고 있습니다. 혼란을 피하기 위해서라도 기자단과 상의해 회견 장소를 마련하는 게 낫다고 판단해서."

마이코는 늘 취재하는 입장으로 기자회견에 나갔다. 기자와 리포터들이 가차 없이 질문을 퍼붓고, 회견을 하는 쪽이 동요하거나 울면 셔터 찬스라고 생각해 일제히 플래시가 터진다. 나리타는 "클로즈업으로 찍어! 클로즈업!" 하고 카메라맨에게 말했고, 그 옆에서 마이코는 우는 사람을 동정하며 보곤 했다. 그런데 앞으로 마이코 본인이 질문받는 쪽이 된다는 소리였다.

"5층 대회의실입니다. 벌써 매스컴이 들어와 있습니다." 마에다가 말했다.

"저기, 몇 개 회사나 왔나요?"

"예?"

마에다는 의외라는 듯 마이코를 봤다. 탤런트도 아닌 일반인이 몇 개 회사인지를 신경 쓰는 게 이상했을 것이다.

"백 개 정도 될까요."

나리타는 항상 "150사 정도는 왔겠다. 대단해!", "60인가. 다른 사건이라도 있나?"라는 말로 회견에 모인 라이벌 수를 헤아렸다. 그 버릇이 마이코에게도 옮은 모양이었다. 백 개라면 상당히 모인 것이다. 마이코는 회견장의 분위기를 대강 상상할 수 있었다.

리포터들은 화제가 된 탤런트나 사건 관계자에게 늘 가차 없이 질문 공세를 했다.

"지금 기분은?"

"그때 심경은?"

"후회하나요?"

"사죄할 마음은 있습니까?"

이제까지 들었던 리포터들의 질문이 떠올라 소름이 끼쳤다. 하지만 마음을 정리할 새도 없이 마에다는 가자며 재촉했다.

마에다에게 이끌려 방을 나왔다. 회견장으로 안내할 모양인 듯했다.

마이코가 짐을 들고 있는 걸 보고, 마에다는 "놔두고 가도 됩니다"라고 말했지만, 마이코는 괜찮다고 하고 그대로 짐을 들고 갔다.

계단을 내려와 회견장이 있는 5층으로 갔다. 복도를 도니 회견장이 된 대회의실이 보였다. 문이 열려 있어 시끌벅적한 안의 열기가 마이코가 있는 복도까지 흘러나왔다.

마이코는 그 분위기에 압도되어 저도 모르게 걸음을 멈췄다.

나가고 싶지 않았다.

그러나 어떻게 얘기해야 좋을지 몰라 망설이고 있는데, 마에다가 재촉했다.

"어서 가시죠."

마이코는 마침내 회견장에 발을 내밀었다.

그와 동시에 엄청난 숫자의 플래시가 터지고 수많은 사람의 시선이 자신에게 쏟아졌다. 이전에는 그들 측이었는데, 지금은 그들의 주목을 받는 입장이 되었다. 자신에게 도대체 무슨 일이 일어난 걸까. 현기증이 났다.

보도진 속에서 나리타가 마이코를 응시하고 있었지만, 긴장이 최고조에 달한 마이코는 알아볼 도리가 없었다.

마에다는 마이코에게 중앙 테이블 앞에 앉으라고 했다. 테이블 위에는 많은 마이크들이 놓여 있었다. 마이코는 그 앞에 멈춰 섰다.

그리고 다음 순간, 몸을 휙 돌려 방을 나왔다. 보도진은 무슨 일이 일어났는지 몰라 술렁였다.

마이코가 복도로 나오자 마에다가 서둘러 쫓아왔다.

"왜 그러십니까? 몸이 안 좋아지셨습니까?"

"…… 저기, 화장실에 가도 될까요?"

마이코의 말에 마에다가 살짝 한숨을 쉬었다. 아이도 아니고 그런 일은 미리 해결하라고 말하고 싶은 표정이었다.

"그러세요. 저깁니다."

마에다가 복도 끝에 있는 화장실을 가리켰다.

마이코는 터덜터덜 걸어 화장실로 들어갔다.

그러나 볼일을 보기 위해서가 아니었다. 그때 이미 마이코는 마음을 굳혔다. 회견에 참석하지 말고 도망치자.

자신이 나쁜 짓을 한 것도 아니니 매스컴에서 도망쳐 숨을 필요도 없었다. 조금 전 형사에게 한 말을 그대로 하면 되지 않을까. 다도코로가 '멋대로' 그런 요구를 했다고.

그러나 그렇게 생각하는 반면, 자신 입으로 다도코로만 나쁜 사람으로 만드는 말은 하고 싶지 않았다. 게다가 회견에서는 오늘 일뿐 아니라 인터넷 카페 난민이 된 일까지 틀림없이 이리저리 물을 게 분명했다. 세상이 나쁜 게 아니라 자신의 운이 나빴고, 거기서 벗어날 기력과 재능이 부족했기 때문이라는 말을 해야만 할까. 그런 걸, 그러니까 자신의 수치를 왜 TV 카메라 앞에서 일본 전국에 대고 얘기해야만 하나.

화장실 문을 열고 슬쩍 밖을 보니 마에다가 생각보다 먼 곳에 있었다. 설마 마이코가 도망칠 거라고는 생각하지 않는 모양이었다. 마에다에게 부하로 보이는 여자가 다가와 뭐라고 말을 걸어 반대쪽을 보고 있었다.

마이코는 지금이라고 생각하고 문을 나와 반대편으로 살금살금 재빨리 걸어 모퉁이를 돌았다.

아무래도 들키지 않고 넘어간 듯했다.

마이코는 방금 내려온 계단으로 들어가 재빨리 뛰어 1층으로 내려갔다. 뒷문으로 나가려고 했는데 어디 있는지 몰라 그냥 정문으로 향했다. 보초를 서는 경관이 있었지만 나가는 마이코에게 아무 말도 하지 않았다. 보도진도 없었다. 모두 회견장에 있을 것이다.

나리타는 회견장에 있었다. 회견이 지연되자 보도진은 초조해하기 시작했다.

경찰 관계자들이 술렁이기 시작했다. 무슨 일이 있나. 그걸 본 보도진도 술렁였다. 앞쪽에 있던 기자가 물었다.

"무슨 일이 있습니까?", "회견은 언제 시작합니까?"

이윽고 경찰 홍보 담당자가 마이크를 잡고 "아, 다치바나 씨의 기자회견은 사정에 따라 중지합니다"라고 알리자 장내는 시끄러워졌다.

"사정이라니 무슨 사정입니까?!"

"아, 다치바나 씨의 사정입니다."

"어떤 사정이냐고요?!"

마이코의 회견이 중지된 게 행운일까 아닐까, 나리타도 아직 알지 못했다.

마이코는 경찰서 앞 육교를 건너 시부야 역 앞으로 향했다. 빨리 사람들 틈에 섞이고 싶었다.

그런데 역 앞까지 와서는 걸음을 멈췄다.

앞으로 어떻게 하지?

회견장에서는 서둘러 빠져나왔지만 앞으로 어떻게 할지 생각하지 않았다.

사건 직후여서 네트마니아가 영업할 리 없었다. 게다가 그곳에 가면 바로 발견된다. 일단 다른 가게라도 가자.

마이코는 전에 한 번 간 적이 있는 '만키치'라는 인터넷 카페로 들어갔다. 개인실에 틀어박혀 있으면 매스컴에 발견될 일도 없으리라.

마이코는 개인실에 들어가 한숨 돌린 후 그곳에 있는 컴퓨터로 뉴스를 확인했다. 다도코로는 병원으로 보내져 목숨은 구한 모양이었다. 지병이 발병해 쓰러졌던 듯하다. 마이코는 그 뉴스를 보고 드디어 안심했다. 다도코로는 마이코를 인질로 삼고 기묘한 입장으로 만든 장본인이지만, 이상하게 화는 나지 않았다.

이어서 마이코는 트위터로 자신의 계정을 봤다. 팔로워는 13만 명이나 되었다.

댓글을 보자 "해방되었네요. 잘됐어요"라는 호의적인 목소리가 줄을 이었다.

마이코가 기자회견에서 도망쳤다는 말은 어디에도 적혀 있지 않았다. 경찰에서도 '도망쳤다'고는 하지 않을 것이다. 매스컴에 "다치바나 씨의 몸과 정신 상태를 고려해 회견은 중지한다"는 정도의 말을 했을 것이다.

댓글 중에는 매스컴에서 접촉해온 것들도 있었다.

"이번 일, 무사히 끝나 정말 다행입니다. 자세한 얘기를 듣고 싶습니다. 우선 저희 계정을 팔로우하시고 대화를 했으면 합니다."

비슷한 댓글들이 TV 방송국 각사로부터 들어와 있었다. 도요TV도 있었다.

유튜브(YouTube)에 올라온 뉴스 영상도 봤다. 벌써 많은 영상들이 올라와 있었다. 모든 뉴스 프로그램이 이 사건에 긴 시간을 할애해 보도한 듯했다.

재팬TV 뉴스에서는 "인질이었던 다치바나 마이코 씨가 무사히 구출되었습니다"라는 아나운서의 말과 함께 마이코의 고등학교 때 사진이 나왔다. 방송국이 고교 동창 누군가에게 연락을 취해 빌렸을 것이다. 졸업 앨범은 어머니 집에 둔 채 몇 년째 보지 않아서 화면 속 자신이 어쩐지 남 같았다. 동시에 누군지는 모르겠으나 남의 사진을 아무렇지 않게 건넨 무신경을 도무지 이해할 수 없었다. 그러나 그 순간, '하지만' 하고 다시 생각했다.

AD 일을 하던 때 마이코도 사진을 제공해달라는 전화를 건 적이 몇 번 있었다. 거절한 사람도 있지만, TV라는 소리에 신나서 내주는 사람도 상당했다. "얼마나 줘요?"라고 물은 사람도 있었다. 마이코는 어떻게 해서든 사진을 입수하라는 나리타의 말을 따라야 했기 때문에 흔쾌히 사진을 제공해주면 그걸로 좋았다.

그런데 지금은 '그렇게 쉽게 내놓지 말라'고 생각하다니. 너무 제멋대로였다.

가장 자주 사용되는 영상은 다도코로가 쓰러진 사실을 알리러 빌딩에서 나왔을 때와 기자회견에 나오려다 바로 돌아설 때의 것이었다. 마이코가 가장 잘 나온 순간을 최대한 찾아 스톱모션으로 쓰는 방송국도 있었다.

모두 얼이 빠진 얼굴이었다. 화장도 하지 않고 복장도 어설펐다. 이것이 전국에 나간다고 생각하니 암담했다.

"안에서 무슨 일이 있었는지, 범인이 왜 그런 요구를 했는지, 그런 정보는 아직 확인되지 않고 있습니다. 오늘 회견은 유감스럽게도 다치바다 씨의 컨디션 문제로 중지되었는데, 다치바나 씨가 꼭 카메라 앞에서 진상을 밝혀주면 좋겠습니다."

클로즈업된 뉴스 영상에서 아나운서는 마지막에 이렇게 마무리했다.

역시 아까 기자회견에 출석했어야 할까. 그 자리라면 경찰이 지켜주는 가운데 말할 수 있었다. 지금은 매스컴이 저마다 무질서하게 마이코를 쫓는 형태가 되었다.

점점 더 심해지겠지, 도망쳐서는 안 되었다는 후회가 솟았다.

앞으로 어떻게 될까.

마이코는 인터넷 카페 개인실에서 몸을 동그랗게 말고 생각했다. 이대로 폭풍우가 가라앉기를 기다리면 세상은 잊을까. 하지만 그건 너무 희망적인 관측에 불과했다.

원래의 '일상적인 삶'으로 돌아갈 수 있을까.

그러나 지금의 마이코에게 '일상'이란 무엇일까.

인터넷 카페에서 숙박하고 휴지 돌리는 아르바이트를 하는 날들일까. 거기에 마이코의 행복이 있을 리 없고 미래에 대한 희망이 있을 리 없다. 그러나 적어도 지금보다는 안심하고 산 날들이었다. 그런 최소한의 삶이 '좋다'고 생각하게 되다니.

그런 생각을 하는데 배가 꼬르륵 소리를 냈다. 공복임을 깨달았다. 생각해보니 오늘 입에 넣은 거라고는 경찰서에서 받은 샌드위치가 다였다.

마이코는 인터넷 카페에서 식사를 해결할까 생각했지만, 빵과 인스턴트식품뿐이어서 먹을 수 있을 것 같지 않았다. 뭔가 따뜻한 음식이 먹고 싶었다.

마이코는 어쩔 수 없이 거리로 나가기로 했다. 사람들 눈에 띄지 않을까 조마조마했다. 도망 중인 지명수배자가 이런 마음일까. 다도코로는 발포 사건을 일으킨 후 이런 상태에 있었을 것이다. 하지만 그 발포 사건은 그리 큰 뉴스가 아니었고, 지금의 마이코만큼 얼굴이 알려진 것도 아니었다.

TV에 나온 것이 흐릿한 졸업 앨범 사진이었던 게 다행인지, 거리에서는 아무도 마이코를 알아보지 못했다.

마이코는 일단 눈에 들어온 덮밥가게에 갔다. 카운터 너머의 사람에게 얼굴을 보이지 않으려고 내내 고개를 숙이고 있었기 때문에 오히려 수상한 여자로 보였을지 모른다.

소고기 덮밥이 나오기를 기다리는 동안 스마트폰을 보고 있는

데, 옛 동창 몇 명에게서 메일이 와 있었다. "큰일을 겪었네", "오랜만에 만나지 않을래?" 등 걱정하는 내용들이었는데, 다들 그리 친하지 않은 사람들이었다. 누군지 생각나지 않는 이름도 있었다. '화제의 인물'과 연락해 이야깃거리로 삼으려는 생각이 훤히 들여다보였다. 마이코는 누구에게도 답장을 하지 않았다.

무엇보다 불길한 건 '그 여자'가 아무 말도 해오지 않았다는 것이다.

당연히 사건을 알고 있으리라. 지금쯤 "이 아이, 내 딸이야"라며 아는 사람들에게 자랑하고 있을까. 어쨌든 그 여자가 무슨 생각을 하든 무슨 짓을 하든 내 알 바 아니었다.

그보다 마이코는 임박한 위기를 떠올렸다. 돈이 없었다.

지갑 안에는 3천 엔 정도밖에 남지 않았다. 내일 돈이 들어오지 않으면 밤에는 노숙을 해야 한다. 그렇다고 휴지 돌리기 아르바이트를 할 수 있을까. 그 아르바이트를 하려면 얼굴을 내놓고 거리에 나서야 한다. 모자와 마스크를 쓰고 돌릴 수는 있지만, 그런 이상한 차림을 한 사람에게 휴지를 받을 사람은 많지 않을 것이다. 역시 다른 일을 찾는 수밖에 없었다.

마이코는 인터넷으로 내일부터 할 수 있는 일용직 일을 찾기 시작했다. 실내에서 그다지 사람들에게 얼굴을 보이지 않고 할 수 있는 일이라는 조건이었다.

마이코는 한참을 스마트폰과 격투한 끝에 천장을 바라보며 한숨을 쉬었다.

없었다. 그런 형편에 딱 맞는 일은 어디에서도 찾을 수 없었다.

마이코는 절망적인 상황에 떨어졌다는 사실을 깨달았다. 이른 바 '막다른 길'에 이른 것이다.

우연히 인질이 되었다고 해서 어째서 이런 지경에 이르러야 한단 말인가. 마이코는 덮밥가게 카운터에서 절망적인 기분에 시달리며 싹싹 비운 덮밥 그릇을 바라봤다.

그때 새로운 메일이 들어왔다. 나리타였다.

"야마오카 씨한테서 이제까지의 얘기는 들었다. 나쁜 짓은 하지 않아. 연락 줘."

나리타의 메일에 야마오카의 이름이 나와 놀랐다.

두 사람의 접점을 알 수 없었다. 트위터에서 마이코와 아는 사이라고 쓴 야마오카의 계정을 보고 나리타가 연락을 취했을 것이다. 야마오카라면 "내가 중개하겠다"고 얘기했겠지.

마이코는 두 사람이 손을 잡았다는 데 그다지 좋은 기분이 들지 않았다. 그러나 막다른 상황에 처한 만큼 그들에게 도피처를 제공받을 수밖에 없었다.

게다가 마이코에게는 '그 여자'가 표면에 드러나지 않을까 하는 일말의 불안이 있었다. 눈에 띄는 걸 무엇보다 좋아하기 때문에 충분히 가능성이 있었다. 마이코가 매스컴 앞에 나오지 않는다면 누군가 어머니인 마스미에게 연락을 취할 것이다. 그 여자가 카메라 앞에서 온갖 얘기를 떠드는 것만은 피해야 했다.

마이코는 생각 끝에 나리타의 메일에 "만나고 싶다"는 답장을 보냈다.

다음 날, 마이코는 지정된 장소로 향했다.

나리타에게 곧바로 답장을 받고 바로 만나기로 했다. 약속 장소는 신주쿠에 있는 고급 호텔 객실이었다.

마이코는 나리타에게 돈을 빌려달라고 부탁할 생각이었다. 그러나 만에 하나를 생각해 시부야의 인터넷 카페에서 신주쿠까지 걸어 전차 요금을 아꼈다.

호텔 복도는 조용했다. 조금 전 인터넷 카페에서 눈을 뜬 자신이 고급 호텔에 있는 게 이상하게 여겨졌다.

메일에서 얘기한 방 앞까지 가 노크한 후 조금 기다리자 문이 열렸다.

눈앞에 나리타가 서 있었다. 2개월 만의 만남이었다. 마이코가 그만두겠다고 말하자, 나리타가 "맘대로 해"라고 화를 내며 가버린 뒤 처음이었다.

"어이, 오랜만이야."

나리타가 조금 일그러진 얼굴로 말했다. 미소를 지으려 했지만 마음대로 안 된 듯했다. 기분 탓인지 조금 까칠해 보였다.

"오랜만입니다."

마이코도 대답했지만 웃지는 않았다.

나리타는 마이코에게 들어오라고 재촉했다. 트윈 룸이었다. 제작회사 경비로 빌렸을 것이다. 야마오카의 모습은 보이지 않았다.

"야마오카 씨는?"

"저기" 하고 나리타는 욕실을 가리켰다.

욕실에서 샤워 소리가 났다. 호텔 방에 들어온 기회를 놓치지 않고 목욕을 하는 거였다. 비상식적인 행동 같았지만, 마이코는 그 마음을 이해할 수 있었다.

"자, 앉아."

대화는 야마오카가 욕실에서 나오면 시작하겠지. 마이코는 권하는 의자에 앉았다.

창밖에는 도쿄의 거리가 펼쳐져 있었다. 늘 보는 거리지만 다른 필터로 보는 기분이었다. 인터넷 카페 빌딩 옥상에서 보는 거리는 좀 더 추하고 시끄러웠다. 그리고 마이코의 바로 옆에 있었다. 여기서 바라본 거리는 멀고 조용했다.

"고생했어."

나리타의 입에서 나온 말은 언제 얘기할까 타이밍을 계산한 듯 어색했다.

"아, 아니오."

"걱정했어."

AD 일을 그만둔 걸 말하는지, 인질이 된 걸 말하는지 분명치 않다.

아마도 후자겠지.

"죄송합니다."

마이코는 애매하게 대답했다.

"커피, 마실래?"

테이블에는 룸서비스의 커피포트가 놓여 있었다.

"아, 부탁할게요."

나리타는 마이코를 위해 커피를 타주었다. 고급스러운 호텔용

컵이었다. 이전에는 마이코가 나리타에게 커피를 따랐는데 지금
은 역전되었다. 나리타도 그걸 느꼈는지 움직임이 묘하게 어색했
다. 나리타의 거친 손이 컵을 들고 있으니 너무 어울리지 않아 마
이코는 웃음을 터뜨릴 뻔했다.

"그래서 앞으로의 일은 말이야."

나리타가 그렇게 말을 시작했을 때 마이코의 등 뒤에서 욕실 문
열리는 소리가 났다.

"어이, 왔어?"

야마오카가 목욕수건으로 머리를 닦으며 걸어 나왔다.

셔츠 한 장만 걸친 차림이었다. 난방이 들어오니 그걸로 충분할
것이다. 야마오카는 비어 있는 의자에 털썩 앉았다.

"엄청난 일을 당했어. 하지만 이렇게 된 이상 지금의 상황을 최
대한 활용해야지."

"저기, 어떻게 두 사람이……."

"이 사람이 연락했어."

나리타가 야마오카를 봤다.

마이코는 나리타 쪽에서 연락을 취했을 거라 생각했는데 반대
였다.

"네게 들었잖아. '모니스타!'의 AD를 했다고. 도요TV에 전화해
네가 일했을 때의 상사와 연락을 취하고 싶다고 했지."

마이코는 야마오카의 의도를 알 수 없었다. 무슨 의도로 마이코
와 나리타 사이를 중개하려는 걸까. 소개료라도 받을 셈인가.

"그래서 결론부터 말하자면, '모니스타!'에 출연해줬으면 좋겠

어."

천천히 나리타가 입을 열었다.

예상은 했지만 막상 얼굴을 맞대고 들으니 임팩트가 컸다. 예전에 참여했던 프로그램이지만 어디까지나 '스태프'의 신분이었다. 말단 스태프였던 자신이 '출연'이라니 생각도 못 했다.

"네가 회견을 하지 않아서 매스컴은 난리가 났어. 부장은 '이건 오히려 기회야. 아는 사이니까 독점 인터뷰를 따 와'라고 했지."

부장의 말이라고는 하지만 나리타 본인도 그걸 노렸겠지.

"그 회견장에 나도 있었어. 일단 나왔다가 들어가더니 갑자기 회견 중지. 당연히 보도진에 소동이 일어났지."

"도망쳤어?"

야마오카가 물었다.

"도망쳤어요."

"TV로 봤지. 일단 나왔다가 도망치는 건 아니었어."

"왜 도망쳤어?"

이번에는 나리타가 물었다.

"그냥⋯⋯."

"여전하구나."

나리타가 쓴웃음을 지을 듯한 얼굴로 말했다.

마이코는 순간 무슨 소린지 몰랐다.

"애당초 그때 일에서 도망치지 않으면 이런 일도 없었겠지."

마이코에게 '도망치는 버릇'이 있다고 말하고 싶은 건가. AD 일에서 도망친 것과 기자회견에서 도망친 건 전혀 다른데.

"계속 매스컴으로부터 도망쳐 봐야 상황은 조금도 수습되지 않아. 한 번은 카메라 앞에서 무슨 일이 있었는지 제대로 설명해야지 세상이 잊어줄 거야."

나리타의 말은 일단 일리가 있었다.

잠자코 듣고 있던 야마오카가 입을 열었다.

"내가 네 대리인을 맡을게."

"대리인?"

"그러니까 매니저지."

"무슨 소리예요?"

"우리 방송에 나오고 나면 다른 방송국에서도 출연 요청이 쇄도할 거야. 점점 상황이 복잡해지겠지. 너 혼자 매스컴 전부를 상대할 수 있겠어?"

나리타가 야마오카를 밀어주듯 말했다. 두 사람 사이에서는 이미 얘기가 된 것 같았다.

"이대로 계속 도망치는 일도 힘들어. 그렇다면 제대로 창구를 만들어서 교통정리를 하는 게 나을 거야."

야마오카가 말하자 나리타도 수긍했다. 나리타와 야마오카는 완전히 윈윈 관계인 듯했다.

"그러니까 앞으로는 내가 창구가 돼서 알아서 할 테니 안심해."

"저기요…… 뭘 어떻게 안심한단 거죠?"

"이 사람은 네 마음을 잘 아는 것 같고, 전에 매니지먼트 일도 했다니 적임자 아닐까?"

나리타가 중재하듯 중얼거렸다.

전에 매니지먼트 일을 했다고? 그런 말은 들은 적이 없었다. 자신의 뜻과 상관없이 멋대로 일이 진행되고 있는 게 마이코로서는 불쾌했다.

그러나 이 얘기를 거절한다고 사태가 호전될 것 같지 않았다.

마이코는 조금 생각한 뒤 그럼 부탁하겠다고 말했다. 이 배에 흔쾌히 타는 건 아니었지만, 타지 않으면 물에 빠져 죽을 것만 같았다. 그들에게 맡기는 것 외에 선택지는 없었다.

"그럼 내일 아침 출연하는 걸로 해도 괜찮겠지?"

갑자기 내일이라니까 무서운 마음이 들었지만, 더 이상 도망쳐봐야 어쩔 수 없다는 생각에 받아들였다.

그때 마이코는 중요한 걸 떠올렸다. 부끄러웠지만 그 말을 해야만 했다.

"저기, 죄송한데…… 나리타 씨."

"뭐지?"

"저, 돈이 없어요."

나리타는 그 말을 듣고 순간 당황한 표정을 지었다.

"오늘 밤 인터넷 카페 요금이라도 괜찮으니까 좀 빌려주세요."

"아, 그래……."

나리타가 황급히 지갑을 꺼내 만 엔짜리 지폐를 꺼냈다.

"갚을게요."

마이코는 그렇게 말하면서 받았다.

"괜찮아."

나리타가 어색하게 말했다.

"경비겠지. 받아."

야마오카가 태연하게 말했다.

그 후 나리타와 야마오카는 내일 일정을 협의했다. 야마오카는 완전히 매니저 같은 말투로 나리타와 얘기하고 있었다. 마이코는 머리가 멍해 거의 듣지 못했다.

나리타는 호텔 요금을 정산해야 해서 마이코는 야마오카와 나란히 호텔을 나왔다. 마이코는 아까 받은 만 엔으로 얼굴을 숨기기 위해 모자를 샀다. 2천 5백 엔을 써 7천 5백 엔이 남았다.

야마오카는 근처 스타벅스로 마이코를 데려갔다. 커피가 백 엔인 맥도날드에서 수준이 조금 올라갔다. 야마오카가 웬일로 사주었다. 친절이라기보다 매니저가 자기 탤런트에게 사주는 느낌이었다. 그렇게 생각하니 그다지 고맙지 않았다.

"옛날에 매니저 일을 했어요?"

"그럴 리 없지."

야마오카가 미안한 기색도 없이 대답했다.

"걱정 마. 내게 맡기면 다 잘될 거야."

뭐가 잘된다는 걸까.

"그보다 내일 일 회의 좀 할까?"

"회의?"

야마오카는 가지고 있던 종이봉투에서 책을 몇 권 꺼내 테이블에 놓았다. 『빈곤 일본』, 『청년 홈리스 문제』라는 제목이 보였다. 일본의 빈곤 문제, 특히 청년 빈곤에 대해 쓴 책들이었다.

"내일 아침까지 읽어."

"왜요?"

마이코는 무슨 소린지 알 수가 없었다.

"너, 지금 입장을 모르겠어?"

"몰라요."

"너는 지금, 일본에서 가장 유명한 '빈곤 여자'야."

"그런 말을 해도 곤란해요. TV에 출연해 인터넷 카페에서 일어났던 일을 얘기하면 되는 거 아니었나요?"

"그걸로 끝나지 않지. 범인은 '다치바나 마이코 씨의 빈곤 문제를 어떻게든 하라'고 요구했어. 너는 앞으로 청년 빈곤 문제를 상징하는 존재가 될 거야."

"그러고 싶지 않아요."

"바보, 그렇게 된다니까. 그것 말고 네가 갈 길은 없어. 오히려 거기에 편승하는 게 살길이야. 서핑이나 마찬가지야. 파도를 피하지 말고 타야지. 큰 파도일수록 좋아. 아니면 또 일개 인터넷 카페 난민으로 돌아갈 거야?"

물론 앞으로 그 생활을 계속하고 싶은 마음은 없었다. 그러나 거기서 벗어나기 위해서는 청년 빈곤 문제의 상징이 되는 수밖에 없다는 건 너무 극단적인 얘기 같았다.

"그 상징이라는 게 되면 어떻게 되는데요?"

"그러면 TV나 잡지 인터뷰 요청이 여럿 들어올 테고, 강연 의뢰도 올지 모르지. 그렇다고 앞으로 계속 탤런트처럼 살자는 얘기가 아냐. 지금 생활에서 벗어날 수 있는 계기라는 말이지. 개미지옥에서 나가기 위해서는 기폭제가 필요해. 넌 그걸 얻은 거야."

야마오카는 그걸 자신의 기폭제로도 삼으려 하고 있었다.

"물론 나도 편승할 생각이지만. 제대로 매니지먼트를 할 생각이니까, 됐지? 윈윈이지."

마이코는 야마오카가 건넨 책이 든 무거운 종이봉투를 들고 다시 만키치로 돌아왔다. 모자를 쓴 덕분인지 아무도 마이코를 알아보지 못했다. 마이코는 그렇게 눈에 띄는 외모는 아니어서 이럴 때는 인파 속에 쉽게 묻힐 수 있었다. 히토미라면 그렇게 할 수 없으리라.

그러고 보니 히토미는 지금 어떻게 지내고 있을까. 히토미도 뉴스를 봤을까. 어디서 무엇을 하고 있을까. 지금 마이코를 가장 순수하게 걱정해줄 사람은 히토미일 것 같았다. 그러나 히토미에게서는 아무런 연락이 없었다.

마이코가 자려는데 야마오카에게서 긴 메일이 왔다. 내일의 예상 문답이 적혀 있었다. "제대로 연습하고 와야 해"라고 적혀 있었는데, 마이코는 적당히 읽다 잠들었다.

7. TV에 나오다

다음 날 아침, 마이코는 휴대전화 진동에 눈을 떴다.

서둘러 진동을 끄면서 5시에 알람을 맞춘 걸 떠올렸다. AD 시절에는 이 시간에 일어나는 게 일반적이었는데, 그것도 아주 오래전 일 같았다.

앞으로 TV에 나오리라는 생각을 하자 긴장 탓인지 몸이 조금 붕 뜬 듯했다.

가게 접수대에서 정산을 하고 밖으로 나오자 야마오카가 앞에서 기다리고 있었다.

"어이, 이번에는 도망치지 않았네."

야마오카가 웃었다.

야마오카는 택시를 잡고 운전사에게 "도요TV요"라고 말했다. 이 시간대의 시부야는 아침까지 놀다가 돌아가는 고객을 잡으려고 택시들이 모여들어 택시를 잡는 데 고생하진 않았다.

"택시 타는 것도 오랜만이네."

마이코도 그렇게 생각하던 참이었다. 야마오카는 어제 택시 요금을 나리타에게 받았다고 했다.

도요TV까지는 20분 정도 걸렸다. 두 달 만에 이곳에 왔다. 방재센터 옆에서 내리자 청바지 차림의 젊은 여자가 서 있었다. 여자는 마이코를 보자 재빨리 달려왔다.

"다치바나 씨, 안녕하세요."

여자가 고개를 숙였다.

"'모니스타!'의 AD 사사키라고 합니다."

마이코의 뒤를 이어 들어온 사람일까.

마이코와 야마오카는 사사키의 안내를 받아 방송국 안으로 들어갔다. 마이코와 야마오카의 출입증이 미리 준비되어 있었다. 늘 마이코가 VTR을 들고 달렸던 길을 오늘은 출연자로 걷고 있었다.

사사키는 스튜디오로 가지 않고 6층 출연자 대기실로 두 사람을 안내했다. 접수 직원이 있는 카운터가 있고, 그 안쪽 복도 양쪽에 대기실이 이어져 있었다. 프로그램에 출연하는 탤런트들은 모두 이곳으로 안내된다. 한 방 앞에 "다치바나 마이코 님, 야마오카 세이지 님"이라고 적힌 종이가 붙어 있었다. 사사키는 두 사람을 그곳으로 안내했다. 마이코는 야마오카의 이름이 세이지라는 걸 처음으로 알았다.

방은 다다미 6장 정도의 넓이로, 응접세트와 메이크업용 거울이 있었다. 테이블에는 샌드위치 두 개와 커피가 든 포트가 놓여 있었다. 야마오카가 소파에 털썩 앉았다. 마이코는 AD 시절, 출연자를 이곳으로 안내한 적이 몇 번 있었다. 물론 소파에 앉은 적은 없었다. 앉아 있다가 나리타에게 들키면 엄청나게 혼났을 것이다. 마이코는 여전히 앉기 불편했지만 앉을 데가 없어서 살짝 엉덩이만 걸쳤다.

야마오카는 제일 먼저 샌드위치를 들고 우걱우걱 먹어댔다. 마이코는 오늘 아침 일어나 아무것도 먹지 않았지만 긴장 탓인지 먹을 마음이 나질 않았다.

조금 있다가 다시 사사키가 들어와 오늘의 타임 스케줄을 설명해주었다. 마이코 말고도 평론가인 니시다 요스케가 출연하는 모양이었다. 니시다는 마이코도 TV에서 본 적이 있었다. '젊은이의 논객'으로 불리는 사람으로, 빈곤이나 격차사회 문제에 대해 정통했다. 자신도 아직 삼십대면서 젊은이들에게 독설을 날리는 걸로 유명했다. 이번 사건과 관련해 빈곤 문제에 대해 발언하는 역할일 것이다.

마이코는 "나리타 씨는?" 하고 물었다.

"지금 편집실에서 사건 VTR을 만들고 있습니다."

"변함없이 막판에 고치겠지."

사사키는 마이코가 그렇게 말하자 조금 놀란 표정을 지었는데, 마이코가 여기서 AD 일을 했다는 걸 떠올렸는지 살짝 웃었다. 그 직후에 사사키의 휴대전화가 울렸다. 그녀는 전화 화면을 보고 얼굴을 굳히더니 전화를 받았다.

"수고하십니다. 사사키입니다……. 예…… 예…… 죄송합니다."

전화 상대는 나리타일 것이다.

"아, 그건 제가 가지고 있습니다……. 죄송합니다……. 예, 하지만…… 그렇게 말씀하셔도."

일방적으로 상대가 전화를 끊은 모양이었다. 사사키는 울 것 같은 얼굴이었다.

"왜 그래요?"

마이코는 묻지 않을 수 없었다.

"어제 취재한 빈곤 문제 전문가의 데이터를 제가 가지고 있어서…… 자막에 나오니까 가지고 오라고……. 하지만 지금부터 스튜디오에서 사용할 플립도 준비해야 하는데……."

"그런 거는 알아서 해!" 나리타는 그렇게 말했을 것이다. 이 신입에게 어떻게 하라는 말인가. 다른 사람에게 테이프를 가지고 가 달라고 부탁해야겠지만, 방송 전 스튜디오는 모두 바쁘게 일한다. 그런 부탁을 해봤자 단칼에 거절당할 것이다. 사사키는 앞으로 몇 분 만에 이 난제를 해결해야 하는 압박감에 시달리고 있었다. 마이코는 사사키가 얼마나 곤란한 상황인지 뼈가 아플 정도로 잘 알고 있었다.

나리타는 사사키와의 전화를 끊고 나서 생각했다.

'사사키 녀석, 어떻게 할까?'

이런 말도 안 되는 문제에 어떻게 대처하는지도 AD로서의 트레이닝이었다.

편집 작업은 막바지에 돌입했다. 인터넷 카페 인질 사건의 전말과 청년 빈곤 문제를 5분 정도로 정리한 VTR이었다.

모니터 앞에서 작업하고 있는 사람은 늘 함께하는 오카모토였다. 옆에 있는 어시스턴트는 지난달부터 가즈미라는 젊은 여자로 바뀌었다. 어느 직종이나 신입은 금방 그만두는 것 같다.

이번 VTR은 나리타 자신이 생각하기에도 잘 만들어진 편이었다. 다음은 VTR에 이어 스튜디오에서 어떤 얘기가 이루어지느냐다. 거기부터는 캐스터의 수완에 달려 있다.

"사사키 녀석, 늦네. 설마 도망친 건 아니겠지."

나리타가 그렇게 중얼거리는데 누군가 달려오는 발소리가 나더니 문이 열렸다.

"늦었잖아!" 호통을 치면서 돌아본 나리타는 들어온 사람을 보고 깜짝 놀랐다. 마이코였다.

"사사키 씨한테서 받은 데이터입니다."

마이코는 숨을 헐떡이며 가지고 있던 종이를 내밀었다.

"너, 뭘 하는 거야!"

오카모토도 마이코를 보고 놀랐다.

"가져왔는데요."

"넌 출연자잖아!"

"다른 사람이 없어서 사사키 씨가 곤란해해서요."

당신이 무리한 주문을 한 게 잘못이라는 뉘앙스를 담아 말했다.

"넌 빨리 돌아가."

"제가 가겠다고 했으니까 AD는 혼내지 마세요."

"…… 알았어."

나리타는 승복하지 않은 표정으로 말했다.

위아래라는 입장 차이가 사라지자 나리타가 아주 한심해 보였다. 자신은 이 남자의 무엇을 두려워했던 걸까.

편집실을 나온 뒤, 마이코는 한발 더 나아가 완성된 테이프를 스튜디오로 가져갈까요, 하고 말할 걸 그랬다고 생각했다. 그러나 마이코는 테이프가 완성될 무렵에는 스튜디오에 앉아 있어야 했다. 그리고 보니 AD인 사사키가 방송국에 있으면 오늘은 누가 테이프를 운반할까. 마이코는 나리타가 테이프를 가지고 달리는 모습을 상상했다.

방송국 대기실로 돌아오자, 이 층을 담당하는 AD가 기다리고 있다가 와이어리스 마이크를 채워주었다.

방금 전까지 앉아 있던 야마오카의 모습은 보이지 않았다. 아마도 방송국 안을 견학하고 있겠지.

사사키가 들어와 고개를 숙였다.

"고맙습니다."

"힘내요. 나리타 씨, 나쁜 사람은 아냐. 여러모로 가르쳐줄 거야. 일을 너무 열심히 해서 저렇게 된 거야."

선배인 척 행동해버린 것 같았지만 거짓말은 아니었다.

"예. 고맙습니다."

사사키는 조금 울 것 같은 표정으로 말했다.

마이코가 마이크를 다 차자 스튜디오로 안내되었다. 스튜디오의 밝은 조명 앞으로 데려가 긴 테이블 끝에 앉혔다. 늘 게스트가 앉는 자리였다. 중앙에는 캐스터인 야마시타가 앉을 것이다. 익숙한 스튜디오 풍경이었지만 여기서 보니 완전히 달랐다. 조명이 이 토록 눈부신지 몰랐다.

얼마 있다가 평론가인 니시다가 안내되어 옆에 앉았다.

"안녕하세요."

마이코가 인사하자 그는 TV 출연에 익숙한 모습으로 안부를 물었다.

"고생 많았어요. 이젠 괜찮나요?"

야마시타와 어시스턴트 이토는 건너편에서 스태프와 얘기를 나누고 있었다. 이윽고 마이코와 니시다 쪽으로 와 소개를 했다. 마이코는 자리에서 일어나 인사했다.

"잘 부탁드립니다."

"잘 부탁해."

야마시타가 웃으며 말했다. 야마시타와는 인사한 적이 있었다. 그러나 야마시타는 AD 일을 하던 때의 마이코를 기억하지 못하는 듯했다.

다시 자리에 앉은 마이코는 스튜디오 구석에서 야마오카가 한 남자와 얘기하는 걸 봤다. 대화 상대는 이 프로그램의 종합 프로듀서였다. 그야말로 매니저로서 영업 활동에 여념이 없었다.

"1분 전입니다."

플로어 AD가 소리를 높였다.

마이코는 긴장해 자리를 고쳐 잡았는데, 야마시타와 이토는 여전히 스태프와 얘기를 나누고 있었다. 둘이 카메라 앞 지정된 위치로 온 건 AD가 "시작합니다. 5, 4, 3"이라고 초읽기를 시작한 뒤였다.

그리고 드디어 프로그램이 시작되었다.

"안녕하십니까!"

"오늘 아침은 시부야 인질 사건의 인질이 되었던 여성이 생방송 출연합니다."

"다치바나 마이코 씨입니다. 잘 부탁드립니다."

마이코는 카메라가 자신에게 향하는 걸 느꼈다.

"잘 부탁드립니다."

마이코는 황급히 고개를 숙였다.

"정말 고생했어요."

"이제 괜찮습니다."

"그럼 자세한 내용은 잠시 후에 듣기로 하고요. 우선은 날씨입니다."

카메라는 실외에 있는 날씨 담당 쪽으로 바뀌었다.

"침착하네."

야마시타가 마이코를 보고 말했다. 마이코는 어떻게 대답해야 할지 몰라 야마시타에게 애교 있게 웃어 보였다. 불륜이 발각되어 해명 기자회견을 하는 탤런트와는 달랐다. 마이코는 침착하면 된다고 생각했다.

오늘 나리타는 완성된 테이프를 부조종실로 가져왔다. 마이코의 예상대로 오늘 아침에는 사사키를 스튜디오 일로 돌려서 나리타가 운반할 수밖에 없었다. 나리타는 운동 부족을 통감했다.

나리타는 한 층 아래 휴식 공간으로 가 TV를 봤다. 프로그램은 이미 시작되었고, 금방 전해준 VTR이 흐르기 시작했다. 그것이 끝나자 카메라는 스튜디오로 돌아왔다. 드디어 마이코가 얘기하는 코너가 시작되었다.

마이코는 야마시타와 이토의 질문에 담담하게 대답했다.

"그때 다도코로 용의자의 모습은 어땠습니까?"

"흥분해서…… 하지만 차분해질 때도 있었고."

"용의자가 총을 겨누었죠. 그때 기분은?"

"무서웠습니다. 하지만 나쁜 사람처럼 보이진 않았습니다."

"다도코로 용의자와 어떤 얘기를 나눴습니까?"

"서로의 사정을 이리저리……."

"대화를 나누다 다도코로 용의자가 다치바나 씨가 인터넷 카페 난민이라는 처지를 알게 되었군요."

"예."

화면 속 마이코는 나리타에게 훨씬 어른스럽게 보였다.

AD를 그만둔 뒤 겪은 경험이 그렇게 만든 걸까. 아니면 자기 앞에서 늘 덜덜 떨던 모습이 마이코의 진짜 모습이 아니었던 걸까. 이 여자는 매일 내게 혼나면서 마음속으로 이렇게 차분하게 나를 관찰했을까. 나리타는 그런 생각이 들어 영 기분이 찝찝했다.

광고가 나간 뒤 마이코에 대한 인터뷰가 계속 이어졌다.

"다도코로 용의자를 어떻게 생각하십니까?"

"죗값을 치르고 다시 복귀하셨으면 좋겠습니다."

"앞으로 어떻게 하고 싶으세요?"

"지금 생활에서 벗어나기 위해 노력하고 싶습니다."

그렇게 말하는 마이코의 머릿속에는 한심한 대답을 하고 있구나 생각하는 자신이 있었다.

"시청자를 생각하라고!"라는 예전 나리타의 목소리가 울렸다. 나리타는 어디선가 보고 있겠지.

"자, 문제의 요구 사항에 관해 얘기해보죠. 어떻게 해서 그런 요구가 나오게 되었습니까?"

야마시타가 드디어 시청자들이 가장 궁금해하는 걸 질문했다.

"그건…… 다도코로 씨가, 그러니까, 제 사정을 듣고 갑자기 동정해서."

"사정이란 인터넷 카페 난민 생활 말이군요."

"예. 어딘가 자신의 처지와 겹쳐 보였던 것 같습니다."

"다치바나 씨는 언제부터 인터넷 카페 난민이 되었습니까?"

거기서부터는 지금까지의 흐름을 요약해 말했다. 마이코는 조금 전과 달리 말하기가 아주 힘들었다. 자신의 수치를 세상에 드러내는 일이었다. 그러나 지금 와서 숨겨봤자 어쩔 수 없다고 마음을 다잡았다.

"다치바나 씨 같은 젊은 사람이 그런 상황에 처하는 것에 대해 어떻게 생각하십니까?"

야마시타는 평론가인 니시다에게 말을 돌렸다.

"젊었을 때 가난한 생활을 하는 경우도 있습니다. 견습 기간은 박봉이기 때문에 옛날부터 그랬죠. 하지만 옛날에는 일시적이었습니다. 견습 사원이 어엿한 직원이 되어 자립했습니다. 하지만 현대에는 그런 시스템이 불가능해지면서 빈곤에서 벗어나지 못하고 장기화되는 경우가 많아졌습니다. 그런 탓에 젊은이들은 사회 활동의 기회를 빼앗기고 결과적으로 사회의 활력도 사라졌습니다."

니시다는 극히 개략적이고 교과서적인 대답을 했다.

"그 장기화의 원인은?"

니시다는 그 질문에 대해 저 출산 고령화와 격차사회, 종신고용제의 종언, 비정규직 고용의 증가에 따른 노동 불안정 등 문제의 배경을 알기 쉽게 정리해 말했다.

그 대부분은 야마오카가 건넨 책에도 적혀 있었다. 그러고 보니 그 책 중 니시다가 쓴 것도 있었다.

니시다가 말을 계속했다.

"이건 개인적인 의견입니다만, 사회 탓으로만 돌리면 해결이 안 됩니다. 역경을 지렛대로 삼을지, 더 노력할지는 자신에게 달린 문제입니다. 자기 책임도 있다고 생각합니다."

마이코에 대한 비판이 다소 포함되어 있는 것 같았다.

빈곤 상태에 안주해 빠져나오려는 노력을 게을리한 게 아닌가. 자주 등장하는 자기책임론이었다. 방송국 측에서는 이런 말을 위해 니시다를 부른 것일까. 마이코가 반론하기를 원하나.

야마오카에게 받은 예상 문답에는 이런 코멘트에 대한 답도 있었다. 과도한 자기책임론에 대한 반론이었다. 정말 현대 젊은이들은 옛날보다 약해진 걸까.

어른들은 예전과 마찬가지로 결혼해 아이를 낳고, 집이나 차를 사도록 젊은이들에게 요구한다. 그리고 그러지 않는 젊은이들을 비판한다.

그러나 수입이 줄고 장래에 대한 전망이 서지 않는 지금, 그렇게 쉽게 사회 요구에 응해 돈을 낭비할 순 없다. '청년 ○○ 이탈'이라는 말을 자주 하는데, 실제로 일어나고 있는 건 '돈의 청년 이탈'인 경우가 많았다. 젊은이들에게만 책임을 전가하는 건 가혹하다.

"어떻게 생각하세요? 다치바나 씨."

야마시타가 마이코에게 화제를 돌렸다. 스튜디오 안의 시선이 마이코에게 집중되었다. 동시에 백만 명의 시청자가 마이코에게 집중하고 있음을 의미했다.

"저기……."

마이코가 입을 열었다. 야마오카의 예상 문답에 적힌 대로 대답하면 되었다.

하지만 입을 열고 나온 말은 의외의 것이었다.

"죄송합니다."

왜 사과하고 있지?

"왜 그러시죠?"

야마시타가 물었다.

"뭐랄까요, 저는 청년 대표는 아니지만 자신이 얼마나 부족한지는 압니다."

"그렇지 않습니다. 이런 상황에서 자신에게 일어난 일을 분명하게 얘기할 수 있다는 건 부족하지 않다는 증거입니다."

야마시타가 감싸주었다. 다정한 사람이라는 생각이 들었다. 살짝 눈물이 나올 것만 같았다.

"어쨌든 쉽게 해결될 문제는 아니죠."

시간이 됐는지 이토가 마무리에 들어갔다.

플로어에 있던 AD가 광고로 바뀌는 초읽기를 시작했다.

"그렇습니다. 우리 모두가 생각해야만 하는 문제죠."

마지막에는 야마시타가 빤한 의견을 붙였다.

"오늘은 고마웠습니다."

야마시타와 이토가 마이코와 니시다에게 고개를 숙였다. 마이코도 인사를 했다. 스스로도 얼마나 어색한지 알 수 있는 인사였다.

광고가 시작되었다. 프로그램은 아직 계속되겠지만 마이코의 출연은 이걸로 끝이었다.

"수고하셨습니다."

출연자들은 마이코에게 위로의 말을 건넸다. 마이코는 일동에게 고개를 숙여 말했다. "고맙습니다." 야마시타가 마이코에게 가볍게 미소를 지었다.

야마시타와 이토는 광고가 끝나고 시작되는 다른 코너 준비에 들어가기 위해 그 자리를 떠났다. 플로어 AD가 다가와 마이코에게서 마이크를 뗐다.

마이코가 대기실로 돌아오니 야마오카가 불쾌한 얼굴로 앉아 있었다.

"죄송하다니 무슨 소리지?"

"죄송합니다."

또 사과하고 말았다.

"왜 반론하지 않았지? 뭣 때문에 책을 읽으라고 한 것 같아? 예상 문답까지 준비했는데."

"어색한 말은 할 수 없어서…… 잘난 척 말할 자격도 없고."

"자격이 뭔데? 말하면 되는 거지. TV라는 것도 대부분 대본대로 하잖아? 그렇지 않으면 분위기가 살지 않으니까."

마이코는 자신에게 프로그램 분위기까지 살릴 의무 같은 건 없다고 생각했다. 그러나 말대답을 하는 것도 귀찮았다.

"죄송합니다. 긴장해서."

"어쩔 수 없지. 앞으로 잘하라고."

둘이 방을 나오자 나리타가 복도를 걸어왔다.

"수고했어."

"수고하셨습니다."

여기서 일했을 때와 같은 말을 나눴다.

나리타와 마이코는 야마오카가 화장실을 간다며 자리를 떠 단둘이 되었다. 나리타도 "무슨 짓이야? 좀 더 제대로 대답해야지!" 하고 마이코에게 화를 낼까.

"그게 말이야. 밑에서 일하던 녀석이 TV에 나오다니, 기분이 이상해."

나리타는 화를 내는 대신 무난한 말을 했다. 이제 부하도 상사도 아니니까 화를 낼 필요가 없는 걸까.

"저도 기분이 이상해요."

마이코도 무난한 말을 건네고 둘이 조금 웃었다.

나리타는 잠시 침묵한 뒤 조금 말하기 어려운 듯 입을 뗐다.

"저기 말이야."

"네?"

"이리로 돌아올 생각은 없어?"

"네?"

마이코에게는 의외의 말이었다.

"이리저리 휩쓸려 다니는 것보다는 괜찮지 않을까. 돈도 제대로 나오고."

"……"

너무 의외여서 바로 답이 떠오르지 않았다. 나리타는 마이코를 '쓸모없고 한심한 녀석'으로 생각하지 않나. 지금 와서 왜 그런 말을 할까.

"생각해봐."

나리타가 그렇게 말했을 때 야마오카가 돌아왔다. 나리타의 진의를 좀 더 알고 싶었지만 대화는 거기서 끊기고 말았다.

마이코와 야마오카는 TV 방송국 앞에서 또 택시를 탔다. 이번에는 스태프에게서 택시 티켓을 받았다.

차 안에서 마이코는 나리타가 왜 그런 말을 했는지 생각했다.

가난한 마이코가 불쌍했나. 마이코처럼 한심한 AD가 필요할 정도로 인력이 부족해졌나. 아무리 생각해도 알 수가 없어 생각을 멈췄다.

이어서 마이코는 출연료가 신경 쓰이기 시작했다. 〈모니스타!〉

에서는 마이코 같은 출연자에게는 교통비조로 3만 엔 정도의 출연료를 지급했다. 택시가 시부야 역에 다다랐지만 야마오카는 출연료 얘기를 전혀 하지 않았다. 마이코는 어쩔 수 없이 먼저 말을 꺼냈다.

"저기, 출연료 같은 거 받지 않았나요?"

"아아, 너무 인색해. 차비라며 3만 엔 정도."

야마오카는 더 이상 아무 말도 하지 않았다. 마이코는 다음 말을 재촉하듯 야마오카의 얼굴을 봤다. 그러자 야마오카가 태평하게 말했다.

"아, 너한텐 안 줄 거야."

"예?"

아무리 잘못했더라도 얼마 정도는 줄 거라고 생각했기 때문에 놀랐다.

"당연하지."

야마오카가 무슨 바보 같은 소리냐는 투로 말했다.

"이 돈을 받으면 너는 빈곤한 게 아니니까."

"뭐라고요?"

"TV에 나왔으니 앞으로도 몇 군데서 취재 요청이 들어올 거야. 예전에 빈곤했던 거랑 지금도 그런 건 가치가 달라. 돈은 내가 맡아둘게."

"하지만 저, 정말로 돈이 없어요. 어제 받은 만 엔에서 남은 돈이 5천 엔인데, 그것도 내일이면 없어져요."

"휴지 돌리기는?"

"내일부터 주말이어서 켄이도가 쉬어요. 다른 곳에서 일을 찾을 수 있을지 어떨지도……. 만약 내일 일이 없으면 밤에는 노숙하는 수밖에 없어요."

얘기하다 보니 너무 한심해 눈물이 나올 것만 같았다. 어째서 이 남자에게 구걸하듯 말해야만 할까.

"노숙이라. 괜찮잖아. 빈곤 여자의 가치도 올라갈 테고."

야마오카가 살짝 웃으면서 말했다. 마이코는 이 남자가 정말 악마 같다고 생각했다.

"싫습니다."

"어쩔 수 없군. 그럼 5천 엔을 주지. 더 이상 주면 빈곤이 아니니까."

야마오카가 중얼거리며 봉투를 꺼냈다. 안에는 만 엔짜리밖에 없는지 택시를 내릴 때 만 엔짜리를 내고 잔돈 중 5천 엔을 마이코에게 내밀었다. 조금 전 받은 택시 티켓은 다른 데 사용할 생각인가 보다.

"자, 이걸로. 다시 연락하지."

마이코는 야마오카와 헤어졌지만 아무래도 이해가 가지 않았다. 뭔가 잘못되었다는 생각이 들었다. 남은 돈은 야마오카의 주머니로 들어가는 건가. 얼마 전 어떤 유명 연예매니지먼트사의 대우가 너무 나빠 악덕 기업이나 마찬가지라는 얘기가 주간지를 뜨겁게 달궜는데, 지금의 마이코는 그 사무소의 탤런트보다 훨씬 열악한 대우를 받고 있었다.

마이코는 일단 새로운 일용직 아르바이트를 구했다. 창고에서 하는 화물 분류 작업이었다.

일급은 휴지 돌리기보다 못한 5천 엔이었고, 게다가 중노동이었다. 그러나 많은 사람 눈에 띄는 일은 싫었다. 이 일 덕분에 간신히 노숙은 면했다.

점심시간에는 스마트폰으로 인터넷 상황을 체크했다. 마이코는 사건 이후 '에고 서치'라는 것에 완전히 빠졌다. 24시간 이내에 나온 글 중 자신의 이름을 검색했다. 그러면 그날 인터넷에 등장한 글을 모두 볼 수 있었다.

TV에 나온 덕분에 인터넷 세계에서 마이코의 지명도는 급상승했다.

"마이코 귀엽다"라는 소리도 있었고, "못생긴 일반인은 TV에 나오지 말게 해야"라는 사람도 있었다. 프로그램에 등장한 마이코의 태도는 나쁘지도 좋지도 않다는 평이었는데, "죄송하다"는 발언에 대해서는 "젊은이를 대표하는 듯한 얼굴을 하고 사과하지 마!", "왜 사과하는지 의미 불명" 같은 나쁜 평도 있었다.

그러나 그 예상외의 반응이 여기저기서 화제가 되어 마이코의 인지도가 올라간 것만은 확실했다.

한편으로는 한 평론가가 마이코에 대해 "자신 없는 그 태도는 여유 있는 교육을 받은 요즘 젊은이들에게서는 보기 드문 모습이다. 군이 얘기하자면 성장 환경에 문제가 있지 않을까. 혹은 빈곤 생활이 길어지면서 자존감이 현저히 낮아진 상태일 것이다"라고 사정을 다 안다는 식으로 칼럼을 쓰기도 했다.

마이코는 빈곤 생활이 길어져 그런 태도를 취했다고는 생각지 않았다. 길어봐야 3개월이었다. 그렇다면 '성장 환경'에 큰 문제가 있을까. 자신도 잘 모르겠다.

그 칼럼의 영향일까. "나도 마이코 씨와 같아요. 스스로에게 자신이 없어서"라고 공감하는 사람이 나타났다.

마이코는 어느새 빈곤 문제의 아이콘이 되었다. 야마오카는 자신이 말한 대로 행동하지 않았다고 화를 냈지만, 결과적으로 그가 원하는 방향으로 흘러갔다.

하지만 마이코는 인터넷상에서 일어나는 이런 일들에 관심이 없었다. 그저 TV 출연으로 기자회견에서 도망친 것이 없었던 일이 되길 바랐을 뿐이다. 사건의 영향이 시간과 함께 옅어져 다시 평온한 생활로 돌아갈 수만 있다면.

한편 야마오카는 마이코의 생각과는 정반대로, 어떻게 하면 그녀를 평범한 생활로 돌려놓지 않을까를 생각했다. 야마오카는 인터넷상에서 마이코가 화제가 되고 있는 게 기뻤다. 다음은 이 상황을 어떻게 활용할까였다.

전과 같이 휴지 돌리기를 하면서 점심시간에는 맥도날드에서 다음 방안을 세웠다. 우선은 자신이 마이코의 창구라는 사실을 매스컴 각사에 메일로 전했다. "다치바나 마이코에 관한 취재는 제게 문의해주십시오"라는 글에 자신의 휴대전화 번호와 메일 주소를 첨부했다.

그러자 바로 문의가 하나 들어왔다. 신문사 계열의 주간지였다.

양면 두 쪽에 걸쳐 사건과 빈곤 문제에 대해 기사를 싣고 싶다고
했다. 야마오카는 긍정적으로 검토해 곧 답변을 주겠다고 했다.
신문사 계열은 돈이 안 나오는 것 같으니까 효과를 최대한 높이는
데 활용해야 했다.

그래도 사건에 대한 흥미는 확실히 떨어졌다. 뭔가 새로운 요소
를 주입하지 않으면. 그를 위해서는 역시 TV여야겠지. 나리타의
얼굴이 떠올랐다. 그 남자를 좀 더 활용하자. 더불어 인터넷에서
전개를 어떻게 해나갈지도 생각해야 했다.

방송과 인터넷의 융합. 야마오카는 혼자 심포지엄 타이틀 같은
걸 계속 생각했다.

8. 그 여자

마이코가 〈모니스타!〉에 출연하고 며칠이 지난 어느 날, 일용직 일을 하고 있는데 야마오카가 메일을 보냈다.

"트위터에 글을 써!"라고 적혀 있었다.

확실히 마이코는 사건 이후 글을 올리지 않았다. 이따금 사람들의 글을 읽긴 했지만 무엇을 써야 좋을지 알 수가 없었다. 글을 쓰지 않아도 사람들은 마이코가 전에 썼던 글을 읽고 리트윗을 계속했다. 팔로워도 그때처럼 폭발적이지는 않지만 꾸준히 늘고 있었다.

지금 글을 올린다면 뭘 써야 할까.

마이코는 평범한 생활을 하고 있다는 걸 드러내고 싶었다. 인터넷 카페 난민이라도 일상은 있었다. 매일 인질로 사는 건 아니었다. 이제 그 일은 다 끝났으니 이제 그만 가만히 놔두길 바랐다. 야마오카의 의도와는 정반대였지만, 마이코는 그런 메시지를 사람들에게 보내고 싶었다.

문득 생각난 것이 있었다. AD 일을 했을 때 일이 빨리 끝나면 카페에서 케이크 세트 주문하는 걸 좋아했다. 자신에 대한 최소한의 칭찬 같은 거였다. 오랜만에 그걸 해볼까.

그날 일이 끝난 후 카페에 갔다. 지금처럼 살기 시작하면서 디저트 같은 음식을 먹어본 적이 없었다. 그런 데 돈을 쓸 여유가 없었기 때문이다.

그러나 마이코는 과감하게 케이크 세트를 주문했다. 그리고 트위터에 케이크 사진을 올렸다. "오랜만의 케이크, 맛있다"라는 평범한 글을 붙였다.

그런데 다음 날 "돈도 없는 주제에 케이크를 사 먹다니!"라는 댓글이 수없이 달렸다. 케이크 먹을 여유가 있다는 건 빈곤이라고 할 수 없다는 거였다.

다음 날에는 "인질이었던 여성은 정말 빈곤한가? 케이크 사진을 올려 비난 쇄도"라는 기사가 인터넷 뉴스로 실리고 말았다.

이 뉴스를 본 사람이 또 트위터를 보러 와 리트윗하면서 점점 확산되었다.

마이코는 정말 상상도 하지 못했다. 일상으로 돌아왔음을 확인할 작정이었던 글이 다시 마이코를 평범하지 않은 상태로 끌어냈다. 그야말로 '화제'가 되었다.

아마도 야마오카는 이 상황에 만족하고 있을 것이다.

"가난한 주제에", "빈곤이란 말은 엉터리"라는 글이 날아들었다.

마이코는 다른 사람의 일거수일투족에 눈에 불을 켜는 사람이 세상에 얼마나 많은지 통감했다. 아마 마이코가 공원이라도 산책

하면 "가난하면 일을 해", "산책할 여유는 있냐?"고 비난할 것이다.

그중에는 "케이크 정도는 좀 먹게 둬"라고 옹호하는 의견도 있었다.

생활보호를 받는 사람이 방에 장식할 꽃을 사면 비난을 산다고 한다. 그런 관용 없는 사회와 답답함을 한탄하는 의견도 있었다.

그러나 인터넷에서는 전자가 더 우세하다. 비난할 재료를 찾고, 찾으면 일제히 달려들어 두들기며 자신은 옳은 편에 섰다고 안심한다.

그래서 누가 행복해진다는 말인가. 모두가 자신과 같거나 자신보다 불행하다는 걸 확인하면서 기뻐하는 걸까.

게다가 마이코가 사건 전에 적었던 글까지 들추어 이리저리 얘기하기에 이르렀다.

빌딩 옥상에 마음대로 들어간 사진을 보고는 "불법 침입이나 하고 www"라고 얘기했고, 인터넷 카페 드링크 코너 커피를 밖에서 먹으려고 보온병에 담은 건에 대해서는 "그건 아웃", "절도 아니야?"라며 비난의 물결이 일었다.

인터넷에서 자신을 고약하게 말하는 사람이 무수히 있고, 그런 사람들의 악담이 인터넷상에 확산되어 소비된다고 생각하니 정말 불쾌했다.

그렇다고 "케이크 먹는 게 그렇게 못할 짓입니까?"라고 반론하면 불구덩이에 기름을 붓는 꼴이라는 건 불 보듯 훤했다.

탤런트라면 그런 일이 인기에 영향을 미치니 사활이 걸린 문제겠지만, 마이코는 인터넷에서 아무리 난리를 쳐도 신경 쓰지 않으면 실생활에는 지장이 없었다. 하루하루를 살아가는 마이코가 잃는 건 하나도 없었다. 마이코는 그렇게 생각하고 침묵을 유지함으로써 이 풍파가 지나가길 바랐다.

그런데 그런 태평한 소리를 하고 있을 때가 아니었다.

일용직 일을 끝내고 인터넷 카페에 돌아오자 스마트폰에 메일이 도착했다. 전에 면접을 봤다가 떨어진 회사였다.

"그 후 어떻게 지내셨습니까? 당사에서는 인원에 결원이 생겨 전에 면접을 보고 당락 선상에 있던 분에게 다시 면접 기회를 주고자 연락을 드렸습니다. 만약 원하시면 그 뜻을 알려주십시오."

아마도 마이코를 떨어뜨리고 채용된 사람이 바로 그만둔 모양이었다. 다시 신규 모집을 하려면 돈과 시간이 든다. 그래서 떨어뜨린 사람 중 비교적 괜찮았던 사람에게 연락한 게 아닐까. "꼭 부탁드립니다." 마이코는 이렇게 답장을 썼다.

며칠 뒤, 마이코는 그 회사로 면접을 보러 갔다. 측량회사였다. 밖에서 측량하는 일이 아니라 사무실에서 데이터를 정리하는 일이었다. 월급이 많진 않지만 빈곤에서 벗어날 수 있었다. 채용되면 정말 필사적으로 일할 생각이었다.

면접실에 들어가자 담당자가 "어?" 하고 의외라는 표정을 지었다.

"다치바나 씨가…… 그 다치바나 씨였나요?"

마이코는 상대가 무슨 말을 하는지 금방 깨달았지만, "예, 그 다치바나입니다"라고 말하는 것도 이상해 "예?" 하고 되물었다.

"TV에서 봤습니다. 그랬군요. 당신이었습니까……?"

담당자는 마이코를 그 유명한 '다치바나 마이코'로 인식하지 못했던 모양이다. 그다지 드문 이름이 아니니 그럴 수도 있겠다.

면접에서는 이래저래 사건에 대한 질문을 많이 받았다. 그리고 빈곤 생활에 대해서도. 그러다가 이력서에 쓴 사토코의 주소에서 지금 살고 있지 않다는 사실도 알려지고 말았다. 담당자는 특별히 싫어하는 내색 없이 말했다. "그랬군요. 사정은 잘 알았습니다." 마이코는 조금 안심했다.

"그럼 결과는 나중에 알려드리겠습니다." 담당자는 그렇게 말하고 면접을 끝냈다.

다음 날, "이번에는 채용하지 못하게 되었습니다"라는 메일이 왔다.

무엇이 문제였는지 알 수 없었다. 이력서 주소가 거짓이었던 게 역시 문제였나.

아무래도 인터넷에서 화제가 되고 있는 게 이유였던 것 같다. 화제가 된 사람을 고용하는 건 아무래도 망설여질 것이다. 마이코는 심장이 조여오는 듯한 고통을 느꼈다.

역시 야마오카가 깔아놓은 레일을 계속 달리는 수밖에 없을까.

마음에 들진 않지만 지금은 마이코에게 다른 선택지가 없는 것 같았다.

그럴 때 야마오카에게서 메일이 왔다. 다음 일에 대한 거였다.

마이코는 야마오카의 말을 듣기 위해 맥도날드로 갔다.

"이번에는 뭐죠?"

마이코는 될 대로 되라는 심정이었다.

"다시 '모니스타!' 쪽이야."

"얼마 전에 나갔잖아요."

"이번에는 네 일상을 소개할 거야."

야마오카는 테이블에 서류를 내놓았다. 기획서였다.

거기에는 "이것이 빈곤 여자의 일상이다!"라고 적혀 있었다.

"그런 걸 시청자가 보고 싶어 할까요?"

"특집이 하나 날아가 급히 구멍을 메울 소재가 필요하다고 나리타가 말했어."

구멍을 메우기 위해 자신의 일상을 볼거리로 만들어야 한다니 좋은 기분은 아니었다. 성공한 사람의 화려한 생활을 시청자가 욕망의 눈으로 보는 것도 아니고, 마이코는 이른바 낙오자였다. 게다가 구멍을 메우는 용도로 사용된다니 참담했다.

마이코의 일상을 인터넷 카페에서 촬영하겠다는 걸까. 가게 측에서 그런 걸 승낙할 리 없지 않나.

"그런 건 나리타가 알아서 잘 처리하겠지. 우리가 신경 쓸 문제가 아냐."

그러고 보니 그 말이 맞다. 마이코는 AD 시절의 버릇으로 촬영 허가를 고민하고 말았던 것이다.

트위터에서의 비난 세례와 면접에서의 불합격으로 기가 죽어 있던 마이코는 마음에 들진 않지만 야마오카의 말을 부정할 수도 없었다. 얘기가 척척 진행되어 촬영은 다음 날로 정해졌다.

다음 날, 약속 장소인 카페로 가자 벌써 나리타와 야마오카가 와 있었다.

"어이!"

손을 든 나리타의 표정이 조금 딱딱했다. AD로 돌아오지 않겠냐는 물음에 아직 답을 하지 않았다. 다른 테이블에서는 촬영팀이 대기하고 있었다. AD인 사사키도 있었다. 마이코와 사사키는 가볍게 인사를 나눴다.

"야마오카 씨가 구멍 난 기획 대신이라고 했다던데, 그 점은 전혀 신경 쓰지 마."

나리타가 진지하게 말했다. 나리타는 대타라는 이유로 대충 일할 사람은 아니었다. 늘 진지했다. 그러므로 야마오카가 '대타'라고 마이코에게 전한 건 나리타 입장에서는 뜻밖의 일이었을 것이다. 마이코는 그걸 이해할 수 있었기 때문에 알겠다고 대답했다.

그리고 촬영이 시작되었다.

처음에는 휴지 돌리기 장면을 찍는다고 했다. 마이코는 오랜만에 켄아도를 찾았다. 미리 얘기를 해놓은 듯 켄 사장은 기분 좋게 마이코와 촬영팀을 맞았다.

켄 사장은 야마오카가 있는 걸 보고 놀랐다.

"당신은 왜 왔어?"

"관계자야."

야마오카는 더 이상 설명하려고 하지 않았다. 켄 사장은 야마오카를 금방 잊고 마이코에게 사인을 요청했다. "연예인이 아니라서." 마이코는 단호하게 거절했다.

그리고 일행은 거리로 나갔다.

마이코는 전처럼 휴지를 돌리기 시작했다. 카메라팀은 멀리 떨어져 몰래 촬영했다. 전부 돌릴 필요는 없었다. 원하는 장면만 찍으면 그걸로 충분했다. 빨리 돌려야 한다는 스트레스가 없어서 지나가는 사람들에게 훨씬 수월하게 건네줄 수 있었다.

점심시간에는 공원 벤치에서 도시락을 먹는 장면을 촬영했다. 이것도 떨어진 장소에서 숨어 촬영했다. 수많은 사람이 앞을 지나갔지만, 다행이 아무도 마이코가 인질이었던 여자라고 알아보는 사람은 없었다. 의외로 세상 사람들은 무관심한 걸까. 마이코는 인터넷에서의 소란과 현실의 격차를 느꼈다.

오후에는 인터넷 카페에서의 모습을 촬영했다. 과연 네트마니아에서는 허가가 떨어지지 않았는지, 지금 묵고 있는 만키치에서 촬영했다. 드링크 코너에서 커피를 따르거나 개인실에 누워 있는 모습을 촬영했다. 여기서는 숨어 촬영할 수 없었다. 촬영하는 모습이 손님들의 눈길을 끌었다. "저게 누구야?", "그 인질이었던 여자래" 같은 말들을 소곤소곤거렸다. 마이코는 이 가게에도 더는 못 오겠구나 생각했다.

마이코는 카메라에 찍히면서 불가사의한 감정을 맛보았다.

처음에는 자신이 장난감이 된 듯한 불쾌함을 느꼈다. 그러나 촬영이 진행되면서 자신이 촬영팀의 일원 같은 착각이 들었다. 전에 AD 일을 했을 때의 감각이 되살아나 지금의 상황과 교차되었다. 자신이 소비되고 자신 안의 무언가가 깎여나가는 듯한 느낌과 함께 뭔가를 만들어간다는 즐거움이 혼재된 기묘한 감각. 마이코는 그런 상태를 그런대로 즐기고 있었다. 끝내 카메라의 위치를 확인하고 잘 찍히는 장소로 위치를 바꾸기도 했다.

이전에 피사체가 원하는 장소에 서지 않아 나리타가 고생하는 걸 늘 본 탓에 몸이 무의식적으로 움직였던 것이다. 이것은 노예 근성의 일종일까. 아니면 좀 더 긍정적인, 좋은 걸 만들고 싶다는 본능 같은 것일지도 모른다.

나리타는 그런 마이코에게 담담하게 지시를 내렸다. 어쩐 일인지 사사키에게도 호통을 치지 않았다. 마이코 앞이라 AD에게 화내는 걸 참고 있을까. 마이코는 사사키가 일하는 모습을 봤는데, 예전의 자신보다 뛰어난 것 같진 않았다.

휴식 시간에는 다시 약속 장소로 사용할 카페에 들어갔다. 이미 개인실이 예약되어 있었다.

"카메라를 신경 쓸 필요는 없어."

나리타의 말에는 위로도 포함되어 있는 것 같았다.

"예" 하고 대답했지만, 마이코는 전처럼 비굴함을 느끼지는 않았다. 이상하게도 나리타와는 지금의 관계가 가장 좋게 느껴졌다.

야마오카가 마이코와 나리타의 사이에 끼어들 듯 말했다.

"최근에 글 안 올리더라."

트위터 얘기라는 걸 금방 알아차렸다.

"뭘 쓰든 바로 비난하니까."

"좋잖아?"

"반론하면 더 불이 붙고."

"하라고, 반론."

"그럼 더 난리가 날 거 아녜요?"

"그 난리는 유명인이라는 증거야. 신경 쓰지 마."

야마오카는 더 화제가 되어야 마이코를 이용해 돈을 버는 데 유리하다고 생각할 것이다. 나리타와 야마오카가 만들어놓은 언제 무너질지 모르는 진흙 배에 탄 이상, 야마오카가 시키는 대로 해야 할까. 그렇게 생각했을 때였다.

근처 화장실에서 "쏴" 하고 물 흐르는 소리가 나더니, 문이 열리며 한 여자가 나왔다.

그 모습을 본 순간, 마이코는 체온이 뚝 떨어진 듯한 착각이 들었다.

그 여자였다.

"이 화장실, 굉장해! 변기 안에 전기가 들어와."

말하면서 마스미가 자리에 앉았다.

"마이, 잘 지냈어?"

"……"

어떻게 반응해야 할지 몰랐다. 완전히 불의의 타격이었다.

마스미의 모습은 몇 년 전 봤을 때와 거의 다른 게 없었다. 수수한 얼굴과는 어울리지 않게 화려한 옷을 입고 있었다. 말라 보이려고 억지로 한 사이즈 작은 옷을 고르는 것도 마찬가지였다. 마이코는 이런 차림으로 TV에 나오려는 신경을 도무지 이해할 수 없었다. 이 여자의 언동은 이해할 수 없는 것들뿐이었다.

"어떻게 된 거예요?"

마이코가 야마오카를 봤다.

"기획이 바로 이런 거야. 감동의 재회라는 거지. 가족에게 돌아가면 당분간 빈곤에서 벗어날 수 있잖아. 엔딩으로 딱 좋은 것 같은데."

"집으로 돌아가요? 왜 그런 걸 마음대로 결정하죠?"

"결정하지 않았어. 어머니와 얘기해 스스로 결정하라고."

"무슨 소린지 모르겠네요."

이번에는 나리타에게 말했다.

"얼마 전 '모니스타!'를 보고 어머니가 방송국으로 연락을 해왔어. 너와 연락이 안 된다고. 어머니와 연락 안 하는 건 좋지 않아."

물론 보증인 건은 야마오카도 나리타도 모를 것이다. 마이코는 마스미의 일이 언급되는 게 싫었기 때문에 자신이 먼저 나오는 수밖에 없다고 생각해 TV에 출연했다. 그러나 되레 역효과였단 말인가.

마이코는 이미 카메라가 돌고 있다는 걸 깨달았다. 이것은 이미 프로그램의 일부인 것이다. 종종 있는 깜짝 연출이었다. 빈곤 여자가 빈곤한 원인은 어머니와 연락을 안 했기 때문이다. 어머니와의 재회와 화해로 그녀는 빈곤에서도 고독에서도 구제된다. 그런 내용으로 시청자들의 눈물샘을 자극하려는 것이다.

인터넷 카페 난민이 되는 사람은 기술, 저금, 친구, 연인, 그리고 돌아갈 수 있는 집, 이 모든 걸 가지지 못한 사람이다. 히토미는 남자를 잡아 거기서 벗어나려고 했다. 마이코에게는 돌아갈 집이 있다는 소린가.

그건 제대로 된 집일 때의 얘기였다.

마이코 안에 나리타에 대한 호의가 싹트려던 참이었는데 마스미의 등장으로 이슬처럼 사라졌다.

"어떻게 해? 중단할까?"

나리타가 조금 조심스럽게 말했다. 마이코를 속이고 이 여자를 불러놓고는 이제 와서 배려라니 늦었다.

"아니오. 하겠습니다."

마이코는 결심했다.

나리타가 스태프에게 눈짓을 했다. 카메라가 돌고 있는지 확인하는 거였다.

"오랜만이네."

갑자기 마스미가 입을 열었다. 서비스 정신을 발휘해 재회 장면을 처음부터 다시 시작하려는 거였다.

"그러네."

마이코는 딱딱한 표정으로 대답했다.

"걱정했다. 연락이 없어서."

"……"

이 장면은 방송될 때 "오랜만에 재회한 두 사람의 표정은 굳어 있었다"는 내레이션이 흐를 것이다.

"왜 전화 한 통 없었니?"

"일이 많아서."

"힘들면 뭐든 해줬을 텐데. 언제나 그러지. 중요한 말은 해주지 않고 혼자 껴안고……. 그게 네 장점이긴 하지만……."

마스미는 그렇게 말하면서 눈물지었다.

이 여자의 연기가 또 시작되었다.

"내가 널 잘못 키웠을까……. 착한 앤데 표현을 잘 못해서 늘 손해만 보고……."

마이코는 점점 화가 나기 시작했다.

일반적인 분노와는 결이 다른 구역질을 동반한 분노였다. 당신 입으로 그런 말을 하다니, 당신이 어떻게 키웠는지는 상관없어. 나는 나야. 내 책임으로 이러고 있는 거라고. '가정환경' 같은 건 관계없다고. 장점도 단점도 다 내 거야. 당신이 한 것처럼 말하지 마.

문득 나리타와 야마오카를 봤다. 야마오카는 이런 연기에 속을 남자가 아닌 것 같았다. 어딘가 냉정한 시선으로 마스미를 보고 있었다.

그러나 나리타는 완전히 마스미의 말에 빠져 있었다. 이래선 안 된다, 뭐든 해야 한다.

"아사히 파이낸스."

마이코가 중얼거렸다. 이 여자가 마이코에게 넘긴 빚을 받으러 왔던 회사다.

마스미는 살짝 동요를 보였다. 나리타와 야마오카는 무슨 소린지 몰라 놀라고 있었다.

"그 건은 미안해. 그럴 수밖에 없었어."

마스미가 반쯤 웃으며 말했다.

마이코는 나리타와 야마오카를 돌아봤다.

"그 건에 대해 뭘 좀 아세요?"

두 사람은 당황한 표정을 지었다. 자신들은 이곳에 없는 공기 같은 존재여야 하는데, 갑자기 등장인물이 되어버린 것이다. 그들이 대답하지 못했기 때문에 마이코가 계속했다.

"이 사람은 자신의 딸을 맘대로 연대보증인으로 세워 빚을 떠넘겼어요."

나리타가 놀란 표정을 지었다. 역시 몰랐던 것이다. 야마오카는 있을 법하다고 생각했는지 표정을 바꾸지 않았다.

"그게 아냐."

"뭐가?"

"잠깐 문제가 생겨서 계획이 틀어지는 바람에 달리 어쩔 도리가 없었어. 그럴 때 부탁할 사람이라고는 자식밖에 없잖아. 너도 나한테 의지했을 때가 있잖아? 서로 도와야지."

마이코가 어렸을 때 의식주를 해결해줬다거나 하는 부모로서 당연한 일을 두고, 마스미는 늘 자신의 인생을 망칠 정도로 희생한 듯 얘기했다. 이런 말씨름을 해봤자 소용없다는 사실을 뼈에 새길 정도로 잘 아는 마이코는 그냥 얘기를 계속했다.

"내가 이런 상태가 된 건 바로 연대보증인이 되었기 때문이야. 그 일만 없었으면 실업을 하고 살 곳이 없었어도 바로 빠져나올 수 있었다고."

맞다, 이 여자 탓이다. 마이코 안에서 부글부글 분노가 끓어올랐다. 분노는 사정도 모르고 이 여자를 불러낸 야마오카와 나리타에게로도 향해졌다.

"얘기를 제대로 해보자. 그러니까 일단 돌아와."

"뭐라고? 누가 돌아간대?"

"연대보증인 문제는 사과했잖아."

"그걸로 끝이라고 생각해?"

"다른 방법이 뭐가 있니?"

"말해도 돼?"

"무슨⋯⋯."

마스미는 불안한 표정을 지었다.

이 여자와는 일이 너무 많아 무슨 말부터 해야 할지 곤란할 정도였다. 무슨 말을 하지, 마이코는 제일 먼저 생각난 걸 말했다.

"나한테 상당한 액수의 생명보험을 들어뒀지?"

"무슨, 그걸 가지고?"

"그걸? 일반적인 부모라면 자식의 생명보험은 들지 않아!"

"그럴까? 아이를 키우려면 돈이 들어. 만약 죽으면 그 투자가 날아간다고. 그럴 때를 위해 보험을 드는 게 일반적이지 않아?"

"일반적이지 않다고!"

이것이 이 여자의 본성이었다. 아이를 투자나 착취 대상으로밖에 보지 않았다.

"늘 그랬어. '이 옷은 만 엔이나 하는데 너한테 전혀 어울리지 않는구나.', '피아노 연습 한 달에 5천 엔이나 하는데 전혀 나아지질 않네.' 그런 말만 했어. 당신은 항상 자식을 돈으로만 환산해서 본다고! 내가 대학을 나와 취직을 못 했을 때도 그랬어. '이제까지 너한테 얼마나 돈이 들었는지 알아? 지금까지의 학비를 도로 받아냈으면 좋겠다'고도 했지!"

"그런 말이 뭐! 그 정도는 어느 부모나 한다고!"

"안 해! 제대로 된 부모는 안 한다고!"

나리타와 야마오카는 아연실색해 듣고만 있을 뿐이었다.

"당신이랑 살 바에는 빈곤한 게 낫다고!"

"무슨 소리야?"

"나는 당신 때문에 이렇게 됐다고. 그 일이 없었으면 위클리 맨션에서 살면서 다음 일을 찾을 수 있었어. 그 후로 얼마나 힘든 일을 겪었는지 알아? 전부 당신 탓이야!"

자신의 것이라고는 생각할 수 없을 정도로 강한 말이 끊임없이 쏟아져 나왔다. 이제까지 닫혀 있던 머릿속 뚜껑이 부서져 열린 것만 같았다.

"당신들도 마찬가지야."

마이코는 야마오카와 나리타에게 고개를 돌렸다. 카메라가 돌고 있다는 사실을 완전히 잊고 있었다.

"사람을 돈 버는 소재로만 생각하지."

"그건 아냐. 이게 나가면 수입이 되잖아. 빈곤에서 벗어날 수 있는 계기로 삼으면 좋지."

나리타가 변명하듯 말했다.

"돈은 못 받아요."

"뭐?"

나리타가 야마오카를 봤다.

"왜지?"

"돈을 받으면 빈곤 여자가 아니잖아요. 당분간의 조치입니다."

야마오카가 당연한 듯 말했다.

"그건 너무한 거 아냐?"

"이건 나와 그녀의 문제라서."

"그런 계약을 한 기억도 없고, 앞으로도 안 할 겁니다."

마이코가 야마오카에게 말했다.

"너, 그런 말을 해도 괜찮겠어?"

"그동안 신세를 졌던 분이잖아. 그런 말을 하면 어떻게 하니?"

마스미가 대화의 흐름을 무시하고 끼어들었다. 이 여자는 자주 이런 식으로 말했다. 자신은 제대로 된 인간도 아니고 오히려 다른 사람에게 큰 피해를 입히는 주제에 마이코를 교육하려는 말투. 변한 게 없었다.

마이코는 이 여자가 가장 상처 입을 말을 해야겠다고 생각했다.

"그러니까 남자에게 버려지는 거야."

마스미가 입을 닫았다.

"…… 맞아."

얼마 후 마스미가 툭 내뱉었다.

드디어 물러나는 건가.

"그러니까 나한텐 너밖에 없지."

마스미는 똑바로 마이코를 보며 말했다. 슬프고 비참해하는 말투였다.

그런 말로 동정을 일으키려는 작전인가. 그런 데 넘어갈까. 속을 것 같아? 이제까지 그런 태도에 넘어가 수없이 속았다. 뭐라고 되받아야 한다. 좀 더 끽 소리도 못 할 한마디를. 그러나 마이코는 말이 나오지 않았다.

갑자기 기억이 되살아났다. 이 여자는 남자에게 버려질 때마다 마이코 앞에서 울었다. 제일 먼저 이 여자를 버린 사람은 마이코의 아버지였다. 그때 마이코도 같이 버려졌다.

"남자는 절대 기대하면 안 돼."

이 여자는 늘 울면서 그렇게 말했다. 그러면서도 수없이 같은 실수를 반복했다. 나는 이렇게는 되지 않겠다. 마이코는 이 여자를 반면교사로 삼으며 자랐다. 그런데 사는 데 서툴고 다른 사람과 마음을 나누지 못하는 건 그대로 닮았다.

침묵이 그 자리를 지배하고 있었다.

마이코는 일어나 개인실 문으로 향했다. 카메라가 뒷모습을 잡고 있는 걸 느끼며 밖으로 나갔다.

"기다려!"

나리타의 목소리가 들렸지만 마이코는 멈추지 않았다.

마이코는 카페 밖으로 나왔다. 골목길이 있어 그리로 빠졌다. 인적이 없는 곳으로 가고 싶었다.

'울' 것 같았기 때문이다.

골목길로 들어서자 예상대로 눈물이 뚝뚝 떨어졌다.

이 눈물은 뭐지, 마이코는 그렇게 생각하면서 구불구불한 길을 하염없이 걸었다.

마이코가 떠난 후 방에는 어색한 분위기가 지배했다.

나리타가 갑자기 일어났다. 그리고 방을 뛰어나갔다. 물론 마이코를 쫓아가기 위해서였지만, 야마오카와 마스미와 함께 있는 상황을 견딜 수 없었던 것도 이유였다.

마이코를 쫓아가 어쩔 셈인가. 이 녹화를 계속할 마음은 더 이상 없었다. 그럴 생각이 아니었다고 변명하고 싶은 건가. 앞으로의 일을 놓고 조금이라도 얘기를 나누고 싶은 건가. 어쨌든 마이코를 그냥 보내선 안 된다는 생각이 들었다.

나리타는 달렸다. 가게를 나오긴 했지만 마이코가 어디로 갔는지는 전혀 알 수 없었다. 역 쪽으로 한참 달렸지만 마이코의 모습은 보이지 않았다.

나리타가 비참한 심정으로 가게로 돌아오자 이게 웬일, 야마오카와 마스미가 웃으며 얘기를 나누고 있었다.

"좋은 장면이 찍히지 않았나?"

야마오카가 허세를 부리며 말했다.

"이게 TV에 나갈까요?"

"물론 나가죠."

"어머, 싫은데. 처음 얘기와 다르잖아요. 감동의 장면이라고 하지 않았나."

마스미는 싫은 표정으로 말했지만 꼭 그런 것만은 아닌 것 같았다. TV에 나온다는 기쁨도 있는 듯했다.

"해프닝이라는 건 늘 있게 마련이죠. 게다가 예정대로 흘러가는 것보다 이런 게 더 화제가 됩니다."

"맞네. 어떻게 편집될지 기대된다."

나리타는 이 마스미라는 여성의 본성을 본 듯했다.

조금 전 이곳을 나간 딸보다 자신이 TV에 어떻게 비칠지를 걱정하고 있었다. 이런 어머니가 얼마나 마이코에게 많은 상처를 줬을지 둔감한 나리타도 절로 상상이 갔다. 야마오카도 이런 어머니와 같은 부류의 인간이라는 사실도.

"편집은 디렉터인 나리타 씨에게 맡기고……."

야마오카가 말을 끝내기 전에 나리타가 말했다.

"이건 쓰지 않을 겁니다."

야마오카는 그 말에 눈을 동그랗게 뜨며 놀랐다. 마스미도 의외라는 얼굴로 나리타를 봤다.

"무슨 소리야? 이거야말로 써야지."

"당신, 우리 방송국 사람들이 죄다 인간이 아니라고 생각하나?"

"아니, 아닌가? 늘 인권을 무시하고 흥미 위주로 영상을 만드는 주제에 말은 잘하네."

"입 닥쳐!"

"시청률이 필요한 거 아냐? 비즈니스 얘기를 하지. 정의로운 척하지 마. 우리는 동지 아닌가?"

이런 녀석과 손을 잡으려 했다니, 나리타는 암담했다. 아니면 이 남자의 말처럼 자신도 같은 놈일까.

"중지. 철수!"

나리타가 말을 끊었다. 스태프들은 당황했지만 상사의 말을 거스를 순 없었다.

"나는 어떻게 되는 거야?"

마스미가 야마오카에게 물었다.

"나한테 물어도 몰라요."

그렇게 마이코는 야마오카와 나리타 앞에서 모습을 감췄다.

9. 빈곤의 여왕 탄생

도요TV의 로비에는 화려한 연말연시 장식이 등장했다.

사람들이 TV에서 멀어지고 있다고는 하지만 아직도 TV의 존재감은 컸다. 새해 특별방송이 일단락되고 올해의 새로운 프로그램이 시작되려 하고 있었다. 도요TV는 전체적으로 시청률이 좋아 방송국의 분위기는 다른 해 이상으로 화기애애했다.

그런 가운데 나리타는 연말연시를 영 찜찜한 얼굴로 보냈다. 마이코의 생각이 좀처럼 머릿속에서 떨어지지 않았기 때문이다.

그 일 후로 마이코와 연락이 끊겼다. "연락 좀 줘"라고 수없이 메일을 보냈지만 답장은 없었다. 무엇보다 주소가 없으니 메일에 답이 없으면 완전히 행방불명 상태가 되고 만다. 트위터도 중단했다. 설마 자살 같은 건 하지 않았겠지 생각했지만 행방불명이라는 게 영 불안했다.

나리타는 마음에 들진 않았지만 야마오카에게도 메일을 보냈다. 야마오카에게도 마이코의 연락은 없는 듯했다. 자신이 일 때문에 한 인간을 벼랑 끝에서 밀어버린 걸까. 아니, 나리타가 하지 않았더라도 다른 방송국의 누군가가 했을 일이다. 무엇보다 어머니를 만나게 해서 그런 일이 벌어질지는 전혀 예상하지 못했다. 자신에게는 잘못이 없다. 나리타는 되도록 그렇게 생각하려고 했다.

세상은 점차 마이코를 잊어갔다. 인터넷에서 마이코가 화제에 오르는 일도 줄어들었다. 물론 〈모니스타!〉에서도 마이코와 그 인질 사건에 대해서는 그 이후 한 번도 언급하지 않았다.

올해 1월은 아주 추웠다. 마이코는 연말연시를 어떻게 지냈을까. 거리에 나가면 무의식적으로 마이코의 모습을 찾는 자신이 있었다. 마이코가 여자라서가 아니었다. 자신이 키워보려던 부하가 중간에 도태되어 사라졌다. 거기에는 다소나마 자신의 책임도 있는 것 같아 마음이 아팠다. 그런 거라고 생각하려 했다.

나리타는 새해 연휴가 끝나고 일이 정상 모드로 돌아오자 바쁘게 일함으로써 마이코를 머리에서 털어내려고 했다.

그런데 새해 첫 기획회의 때였다.

"나리타, 그 후 다치바나 마이코 씨와 연락은 취했나?"

회의가 시작되자마자 갑자기 프로듀서가 그런 말을 해 나리타는 깜짝 놀랐다.

"아니. 별로."

"자네, 유튜브 안 보나?"

프로듀서는 조금 불만인 듯 보였다.

"예?"

"스마트폰으로 검색해봐."

"아니, 뭘?"

"'빈곤의 여왕'이야."

나리타는 그게 뭐지 생각하면서 스마트폰을 꺼내 시키는 대로 검색했다. '빈곤의 여왕'이라는 키워드로 동영상이 몇 개 나왔다.

화면에는 동영상 섬네일이 여러 개 표시되었다. 모든 동영상에 마이코의 얼굴이 있었다.

나리타는 불의의 일격을 당해 말을 잃었다. 자신 앞에서 사라진 마이코가 인터넷상에, 그것도 스스로 얼굴을 내밀고 있다니 믿을 수 없었다.

프로듀서가 잠자코 있었기 때문에 '보라'는 뜻으로 알아듣고, 나리타는 가장 위에 있는 동영상의 재생 버튼을 눌렀다. 다른 몇 명도 자신의 스마트폰으로 같은 동영상을 보고 있었다.

마이코가 화면에 등장했다. 스스로 촬영한 듯했다. 어떤 잡거빌딩 옥상에서 촬영한 것 같았다. 등 뒤로 거리 풍경이 조금 보였지만 어딘지 알 수 있는 건 찍히지 않았다.

"안녕하세요. 다치바나 마이코입니다."

마이코는 그렇게 말하면서 "빈곤의 여왕"이라고 매직으로 적은 종이 박스를 들었다.

마이코는 미소를 짓지도 않고 담담하게 인사했다.

"빈곤 여자입니다. 지금 어떻게 사는지 소개하겠습니다. 만약 여러분이 언젠가 빈곤해지면 조금이라도 참고가 되리라 생각합니다."

빈곤 생활의 매뉴얼 동영상이란 말인가. 마이코는 "빈곤의 여왕"이라고 적힌 종이 박스를 옆에 놓고, 대신 이번에는 "궁극의 가성비 요리"라고 적힌 종이 박스를 들었다.

"아, 첫 회인 오늘은 궁극의 가성비 요리입니다."

마이코는 슈퍼마켓 봉투에서 낫토와 두부 팩을 꺼냈다.

"이겁니다. 낫토와 두부. 둘 다 백 엔도 안 합니다. 하지만 밥과 같이 먹으면 나름 배도 부르고 영양가도 있습니다. 덮밥가게에 가는 것보다 훨씬 가성비가 좋습니다."

애교라고는 찾아볼 수 없는 담담한 말투였지만 밝은 화제가 아니므로 아주 적당했다.

장면이 바뀌니 백엔숍에서 산 것 같은 플라스틱 식기에 밥을 가득 담고 거기에 낫토를 올렸다. 두부는 다른 그릇에 놓고 간장을 쳤다. 마이코는 그걸 맛있게 먹기 시작했다. 그 모습은 아주 강력하면서도 맛있게 보였다.

마이코는 갑자기 먹기를 멈추고 카메라를 봤다.

"언젠가 필요하다면 참고하세요. 물론 그런 날이 오지 않으면 좋겠죠."

변함없이 무뚝뚝한 얼굴로 말하고 동영상은 끝났다. 2분 정도 길이였다.

나리타는 다른 동영상도 봤다.

마이코가 뒷골목에 쭈그려 앉아 있었다. 가게에서 나온 쓰레기를 뒤지는 모습이었다. 얼마 후 "있습니다!" 하며 뭔가를 들어 올렸다. 휴대용 가스레인지용 부탄가스였다.

"음식점 쓰레기 속에 있는 부탄가스는 아직 남은 경우가 많습니다."

장면이 바뀌고 다시 빌딩 옥상이었다. 이번에는 가스레인지에 작은 냄비가 놓여 있었다.

"추운 계절에는 역시 전골이죠. 아무리 가난해도 가끔은 전골을 먹고 싶어요. 그런데 아까 건진 부탄가스, 불이 켜질까요?"

마이코가 가스레인지 손잡이를 찰각 하고 돌리자 불이 붙었다.

"켜졌습니다. 가스가 얼마나 남아 있을지 모르니 예비로 몇 개 더 준비해놓는 게 좋습니다. 그리고 오늘 전골의 재료인데……."

마이코는 플라스틱 그릇에 놓인 식재료를 보여줬다. 두부, 싹 채소, 콩나물 등이 있었다.

"모두 백 엔 안에서 살 수 있는 겁니다."

냄비가 칙칙 소리를 냈다. 마이코는 식재료를 플라스틱 용기에 담아 먹었다. 역시 맛있어 보였다.

"언젠가 필요하다면 참고하세요. 물론 그런 날이 오지 않으면 좋겠죠."

마지막에는 지난번과 같은 말을 했다. 이것이 클로징 멘트인 모양이었다.

〈빈곤의 여왕〉이라는 같은 제목의 동영상이 시리즈로 현재 20개 정도 올라와 있었다. 음식에 대한 것뿐만 아니라 일용품이나 의류를 싸게 구입할 수 있는 방법, 필요 없는 물품을 재활용하는 아이디어도 소개하는 듯했다.

전에도 〈주부의 절약 기술〉 같은 동영상은 존재했다. 그러나 빈곤을 건디는 노하우를 이렇게 아무렇지 않게 동영상으로 제작한 건 본 적이 없었다. 있어도 빈곤 문제를 호소하는 심각한 내용뿐이었다. 마이코가 하는 일은 아주 신선했다.

보통은 자신의 빈곤을 밝히고 얼굴까지 드러내는 일은 꺼릴 것이다. 그러나 마이코가 빈곤하다는 사실은 온 세상이 알고 있기 때문에 잃을 게 없었다. 지명도가 있는 반면 잃을 게 없다는 점, 그리고 빈곤 경험에서 얻은 지식. 마이코는 자신이 가진 것을 최대한 활용하고 있었다. 나리타는 마이코에게 그런 재능이 있는 줄은 꿈에도 생각하지 못했다. 그 역시 빈곤 생활 속에서 얻은 걸까.

동영사의 구성은 단순했고 내용도 아주 알기 쉬웠다. 게다가 편집되어 있었다. 스마트폰으로 찍은 것 같은데, 그냥 카메라만 대고 원 컷으로 찍는 게 아니라, 낫토와 두부를 든 손은 클로즈업 영상을 따로 찍어 삽입했다. 호흡이 정확해 한눈에도 아마추어 솜씨가 아니라는 걸 알 수 있었다.

이 녀석, 어느새, 하고 나리타는 생각했다. 마이코는 나리타 밑에서 혼나면서 잡무만 처리한 것처럼 보였는데, 실은 VTR 만드는 감을 무의식적으로 익혔던 것이다.

"재생 횟수가 상당하네."

누군가가 말했다. 카운터를 보니 5만이 넘었다.

"5만이라면 그리 대단한 건 아니지."

다른 사람이 말했다. 확실히 5만이라는 숫자는 수백만 명이 보는 TV와 비교하면 미미했다. 유튜브에는 수백만, 수천만 번 재생되는 동영상이 많았다.

"하지만 전부 합하면 상당한 숫자가 되잖아요."

20개 정도의 동영상이 모두 5만 번 정도 재생되었다면 백만이 된다. 앞으로도 계속 쌓인다면 상당한 숫자가 된다.

뭐지, 이 녀석? 하면 할 수 있는 녀석이었다는 생각이 드는 반면, 어째서 그 재능을 자기 밑에서 발휘하지 않았는가 하는 생각에 화가 나기도 했다. 아니, 그건 화라기보다는 씁쓸함일지 모른다. 동시에 나리타는 후련함도 느꼈다.

야마오카는 나리타보다 빨리 이 동영상을 발견하고 당했다고 생각했다.

동영상에서 마이코가 하는 말에는 야마오카가 알려준 내용이 상당히 많았다. 물론 빈곤 생활의 노하우에 저작권이 있을 리 없지만, 제멋대로 사용하다니 분한 마음에는 변함이 없었다.

야마오카는 마이코를 깔봤다. 이건 분명 그때 어머니를 깜짝 등장시킨 데 대한 보복이라고 해야 하나, 아니면 비꼬는 것이다. '당신에게 기대지 않아도 나 혼자 할 수 있다'는 걸 보여주려는 것이다. 이런 반격을 할 여자라고는 생각하지 못했다.

역시 그때 어머니와 감동의 재회 장면을 연출했으면…… 아니 싸워도 된다. 오히려 그게 더 시청자들의 관심을 끌었을 것이다. 그러나 너무 지나쳐 방송이 되지 않으면 도로 아미타불이다. 결국 나리타는 그 장면을 방송하는 데 난색을 표했고, 특집방송 자체가 없었던 일이 되었다. 촬영팀을 내보내 촬영한 걸 디렉터 판단으로 그렇게 쉽게 사장시킬 수 있나. 잘은 모르지만 어쨌든 야마오카는 마이코라는 돈줄이 될 여자를 잃었다. 뭐, 괜찮다. 적어도 TV방송국과의 연결고리는 생겼다. 이걸 발판으로 삼아 새로운 기획을 제안하자.

야마오카는 그런 생각을 하다가 퍼뜩 다른 생각을 떠올렸다.

마이코의 동영상은 모두 수만 건의 조회수를 기록하고 있었다. 인터넷 세계에서 그리 대단한 숫자는 아니었다. 그러나 '티끌도 모으면 태산'이 된다. 날마다 이를 쌓으면 수백만이라는 숫자가 된다.

만약 광고와 연동하면 상당한 금액이 되지 않을까?

전에 분명히 1회 재생에 0.1엔의 수입이 들어온다는 말을 들은 적이 있다. 백만 회면 10만 엔. 다음은 그걸 어느 정도의 기간 안에 벌 수 있느냐는 것이다. 만약 일주일에 그만큼을 번다면 월에 40만 엔, 적어도 20만 엔은 될 것이다. 다른 사람들처럼 살 수 있는 충분한 돈이 아닌가.

야마오카는 그 사실을 깨닫고 쿵 하고 누군가 머리를 내려친 듯한 기분에 사로잡혔다. 야마오카는 마이코를 '일본에서 가장 빈곤한 여자'로 만들어 돈을 벌려고 했지만 실패로 끝났다. 그러나 마이코는 야마오카가 만든 토대를 이용해 맘대로 돈을 벌려고 하고 있었다. 야마오카는 부글부글 끓어오르는 분노를 느꼈다. 월에 20만 엔…… 그 정도라. 나라면 훨씬 더 벌 수 있었을 텐데. 완전히 당한 터라 정말 분했다.

동시에 야마오카는 또 다른 생각을 했다. 월 20만 엔이나 벌면 더는 빈곤이 아니다.

동영상 덕분에 마이코는 이미 빈곤에서 빠져나왔다는 말이 된다. 즉 마이코는 빈곤하지 않은데 빈곤한 척하는 것이다.

이 동영상은 페이크다.

야마오카 말고도 이런 사실을 눈치챈 사람이 있을 것이다. 유튜브로 돈을 번다는 사실은 상당히 많은 사람이 알고 있고, 그중에는 억 단위의 수입을 얻는 유튜버가 화제가 되고 있다. 마이코의 동영상 재생수가 만 단위라고는 해도 합치면 상당한 수가 되며, 그로부터 얻은 수입이 빈곤에서 벗어나기에 충분하다는 것 정도는 누구나 깨달았을 것이다. 곧 "다치바나 마이코는 가짜 빈곤 여자다. 빈곤을 소재로 돈을 벌고 있다"고 주장하는 녀석이 나온다. 그렇다면 다시 화제가 된다. 그 규모는 케이크를 먹었을 때와는 비교할 수도 없을 것이다.

야마오카는 '다치바나 마이코 유튜브'로 검색했다. 그러자 마이코의 동영상이 재미있다는 글은 여럿 보였지만 "가짜다", "가짜 빈곤 여자"라는 글은 없었다. 검색어에 '화제'와 '가짜'를 추가해 보아도 마찬가지였다. 아무래도 아무도 눈치채지 못한 모양이었다. 야마오카는 세상 사람들의 둔감함에 짜증이 났다.

아니, 화제가 될 때까지 기다릴 필요가 없었다. 그걸 깨달은 야마오카는 스스로 인터넷 게시판에 글을 썼다.

"다치바나 마이코의 빈곤 동영상에 의문. 광고로 돈을 번다면 빈곤이 아니지 않나?"

어차피 누군가는 할 일이니까 내가 하면 되지. 마이코에게 경고하는 것이다. 야마오카는 그렇게 생각하며 만족감을 느꼈다.

얼마 후 야마오카의 예상대로 '화제'가 되기 시작했다.

트위터에서 '가짜 빈곤 여자'로 마이코를 비난하는 글이 올라오기 시작했다. "빈곤을 소재로 돈을 벌다니. 이 여자, 용서할 수 없어", "빈곤으로 돈을 벌다니, 역빈곤 비즈니스인가 www" 같은 글이 올라왔다. 마이코의 트위터 계정은 더 이상 갱신되지 않았는데, 거기에도 "응원했는데 배신당했다", "뭐라고 해명해"라고 비난하는 댓글이 쇄도했다.

"그녀가 그런 짓을 하다니 믿어지지 않습니다."

야마오카도 자신의 계정에 이런 글을 올렸다. 동정하는 척하면서 화제에 가담한 것이다. 야마오카는 리트윗 숫자가 늘어나는 걸 보고 만족했다. 연을 끊은 마이코가 화제가 된다고 해서 야마오카에게 1엔 하나라도 생기는 건 아니었지만, 자신을 차버린 여자가 다른 곳에서 잘 지내는 것만은 전력을 다해 막아야 했다.

마이코는 아직 그런 비난에 대해 침묵을 지키고 있었다.

그런데 다음 날이 되자 사태는 완전히 달라졌다. 야마오카가 얼마나 화제가 되었는지 기대하면서 인터넷을 보자 생각지도 못한 의견이 튀어나왔다.

"다치바나 마이코 씨는 광고를 하지 않아요."

무슨 소리지? 야마오카는 순간 이해하지 못했다.

그 글은 계속되었다.

"광고가 붙은 동영상에는 당연하지만 광고가 흐릅니다. 하지만 마이코 씨의 동영상에는 그게 없습니다. 그건 그녀의 모든 동영상에 해당됩니다. 즉 이 동영상으로 이익을 얻지는 않는다고 생각합니다."

마이코는 처음부터 동영상으로 돈을 벌려고 하지 않았던 모양이다. 야마오카는 처음에는 믿을 수 없었다. 그러나 확인해보니 마이코의 동영상에는 정말 광고가 나오지 않았다. 이 의견은 아무래도 사실인 듯했다.

이번에는 "가짜 빈곤 여자"라고 적은 글이 날조로 비난을 받았다. 그리고 이 화제로 마이코의 동영상 재생수는 더욱 늘어나는 결과를 가져왔다.

야마오카는 혼란스러웠다. 돈을 버는 것도 아니면서 이런 동영상을 만들어 내보내는 이유는 뭐지? 어떤 계략이 있는 게 아닐까? 돈으로 바꿀 수 있는 다른 길이 있는 게 아닐까?

하지만 아무리 찾아봐도 그런 방법은 발견하지 못했다.

야마오카는 혼자 고민하는 게 바보 같아서 나리타에게 전화했다.

야마오카와 나리타의 사이가 좋아진 건 아니었다. 그러나 마이코의 일을 놓고 일종의 공범자 같은 의식을 야마오카 혼자 품고 있었다.

"어떻게 된 일일까?"

야마오카는 마이코가 동영상을 가지고 돈을 벌지 않는 데 대해 나리타에게 의견을 물었다. 나리타도 이번 화제와 날조 소동을 인터넷으로 지켜보고 있었다. 그러나 특별히 놀라는 것 같진 않았다.

"이게 그 녀석의 복수 아닐까?"

나리타가 담담하게 말했다.

"복수? 무슨 소리야?"

"잘은 모르지만 그런 것 같아."

"의미를 모르겠어."

"그 녀석이 돈을 받지 않고 동영상을 업로드한다는 걸 알고 기분이 어땠지?"

나리타는 웬지 달관한 듯 차분한 목소리였다. 야마오카는 나리타가 자신처럼 동요와 초조함을 보이지 않는 데 화가 났다.

"바보가 아닐까 생각했지. 영문을 모르겠어."

"나는 어쩐지 그 녀석에게 진 듯한 느낌이 들어."

"무슨 소리야? 그런 짓을 한다고 무슨 의미가 있나? 돈을 받지 않으면 빈곤에서 벗어나질 못하잖아. 자신만 손해야."

"돈 버는 것보다 소중한 걸 그 녀석은 발견한 거 아닐까?"

"그게 뭔데?"

"모르지."

"모르면 말하지 마."

"잘하고 있으니까 기뻐해주라고."

"웃기고 있네. 돈 될 만한 걸 빼앗겼는데."

"당신 입장이라면 그렇겠지."

나리타는 살짝 웃었다. 야마오카는 나리타의 여유로운 태도가 마음에 들지 않았다. 어차피 이 녀석은 샐러리맨이다. 자신의 밥그릇이 안전하다면 그걸로 된 거였다.

"당신, 이상하게 마이코에게 다정하네. 그때도 애써 찍은 걸 버리더니."

"무슨 소릴 하고 싶은 거지?"

"반했냐?"

"바보냐!"

나리타가 전화를 거칠게 끊었다. 야마오카는 좀 더 얘기를 끌고 싶었는데 빨리 끊겨 낙담했다. 그건 그렇고 농담으로 했던 '반했냐'는 말에 그토록 과잉 반응할 줄이야. 어쩌면 적중했는지도 모른다.

그러나 야마오카에게 그런 건 상관없었다. 마이코를 포기할 수밖에 없었다. 결국 마이코로 번 돈은 〈모니스타!〉의 출연료 3만 엔뿐이었다. 다음에 돈이 될 거리를 찾는 수밖에 없었다. 돈을 버는 진짜 재능이 있다면 돈줄을 놓쳐도 바로 다음을 찾을 수 있을 것이다. 야마오카는 그렇게 자신을 다독였다.

한편 전화를 끊은 나리타의 마음은 뒤숭숭했다.

내가 그 녀석에게 반했나? 그럴 리 없다. 야마오카가 되는 대로 내뱉은 농담에 동요하는 자신에게 화가 났다. 기어이 옆에 있던 사사키에게 호통을 치고 말았다.

"이 바보야! 제대로 마무리 못하냐!"

이 일을 마지막으로 야마오카와 나리타가 연락하는 일은 없었다.

마이코는 나리타와 야마오카가 그런 대화를 나누고 있을 무렵 서점에 있었다. 스마트폰으로 동영상 편집을 위한 매뉴얼 책을 서서 읽고 있었던 것이다. 사기에는 비싸 서서 읽는 것으로 끝냈다. 이미 상당수의 동영상을 유튜브에 올렸지만 품질을 더 높이고 싶었다.

나리타와 야마오카는 완전히 잊고 지냈다. 매일 새로운 동영상을 만드느라 바빠서 그들을 떠올릴 여유가 없었다.

지난 몇 개월 동안의 생활을 통해 얻은 정보는 다양했다. 야마오카에게 배운 것도 있고, 스스로 발견한 것도 있었다. 인터넷을 찾아 알아낸 것도. 인터넷으로 안 걸 소개하는 경우도 반드시 직접 체험한 후 동영상으로 제작하려고 했다. 쓰레기를 뒤져 부탄가스를 찾는 일은 솔직히 마음에 들지 않았지만, 동영상을 제작하기 위해서라고 생각하자 이상하게 몸이 움직였다.

이제까지는 일부러 피했던 노숙자들의 생활도 관찰하게 되었다. 그러자 그들도 나름 연구하며 살아가고 있다는 사실을 알았다. 아직 말을 걸 용기는 없었지만 언젠가는 그들과 얘기해보고 싶었다.

마이코는 서점을 나와 걸으면서 그날을 떠올렸다.

마스미와의 깜짝 만남을 강요당하고 카페에서 뛰어나온 마이코는 울면서 뒷골목을 헤맸다. 겨우 눈물이 멈췄을 때는 어디인지 알 수 없었다. 전봇대 표시에는 '도미가야'라고 되어 있었는데, 어딘지 전혀 알 수 없었다. 스마트폰 지도로 자신이 있는 장소를 확인하려 할 때였다. LINE에 한 통의 메시지가 도착한 걸 깨달았다. 히토미에게서 온 거였다.

"잘 있었어? 오랜만에 볼까?"

구김 없는 내용이었다.

마이코는 진심으로 히토미를 만나고 싶었다. 괜한 손해 득실을 따지지 않고 말할 수 있는 사람은 히토미밖에 없었다.

"만나고 싶어. 지금 당장."

마이코는 답장을 쳤다.

바로 히토미에게서 답장이 왔다.

"그럼 오늘 5시. ××호텔 라운지에서."

긴자에 있는 호텔이었다. 마이코를 그곳으로 부른다는 건 당연히 자신이 내겠다는 소리겠지. '지금은 돈이 있다'는 뜻으로 느껴졌다.

마이코는 지하철을 타고 긴자로 갔다. 그 호텔에 들어가는 건 처음이었다. 전에 야마오카, 나리타와 회의차 만났던 신주쿠 호텔보다 더 등급이 높은 호텔이었다.

라운지로 들어갔는데 히토미는 아직 오지 않았다. 커피를 주문하고 혼자 앉아 있자니 잘못 온 것 같은 느낌이 들어 영 불안했다. 곧 1천 5백 엔짜리 커피가 왔다. 서비스 요금과 다른 것까지 붙으면 실제로 내야 하는 돈은 2천 엔 가까이 될 것이다. 익숙해진 인터넷 카페의 무제한 커피와는 전혀 다른 맛이 났다. 그러나 그걸 즐길 여유가 없었다.

마이코는 점점 불안해졌다. 만약 히토미가 나타나지 않으면 이 커피값은 자신이 내야 했다. 지갑 속을 보니 커피값은 간신히 낼 수 있었다. 그러나 내일 생활조차 매우 불안해지는 금액밖에 남지 않는다.

그런 걱정을 하고 있는데 히토미가 왔다. 전에 만났을 때는 패스트패션 브랜드에서 산 옷만 입고 있었는데, 마이코 앞에 나타난 히토미는 고급 브랜드로 온몸을 감싸 패션잡지에서 막 빠져나온 듯한 모습이었다. 라운지의 커피숍이 확 밝아진 듯했다. 몇 명의 남자 손님이 히토미에게 눈길을 빼앗겼다.

"오랜만이야."

히토미는 밝은 목소리로 말했다. 일단 히토미는 괜찮은 상태인 것 같았다.

"아, 응……."

히토미는 앉아서 카페오레를 주문했다.

"요즘 어떻게 지냈어?"

히토미는 아주 평범하게 물었다. 사건에 대해 전혀 모르는 말투였다. 알고 있다면 우선은 "정말 고생했어", "이젠 괜찮아?" 같은 말을 했을 것이다.

"아, 몰라?"

마이코가 조심스럽게 물었다.

"뭘?"

정말 모르는 것 같았다.

스스로 자세히 떠드는 것도 이상해 마이코는 스마트폰으로 사건 기사를 검색해 히토미에게 보여줬다. 히토미의 얼굴이 점점 놀라는 표정으로 변했다.

"어머, 세상에!"

히토미는 놀라 얼빠진 소리를 지르고 자기 스마트폰으로 관련 기사를 검색해 읽었다.

그건 그렇고 어떻게 하면 그런 사건을 모르고 지낼 수 있을까. 한때 TV는 그 사건을 하루 종일 방송했다.

"나, 한동안 일본에 없었거든."

히토미가 그 이유를 설명했다.

"어디에 있었어?"

"타히티."

"타히티?"

그러니까 무사히 돈 많은 남자를 잡았단 말인가.

"잘된 거야?"

"결과는 좋았다고 해야 할까."

"노리는 남자가 있는 것처럼 말했는데, 그 남자야?"

"아! 그건 안 됐어. 빛 좋은 개살구였지."

"그럼 다른 사람?"

"응. 뭐, 여러 일이 있었지만."

"여러 일?"

"나 말이야, 빚진 남자에게 잡혔어. 조심한다고 했는데, 까먹고 모자 쓰는 걸 잊어서. 거리에서 딱 마주쳤지. 야쿠자 사무소 같은 데 끌려가 어떻게 할 거냐고 위협을 당했지. 어떻게 할 거냐고 해도 나야 갚을 방법이 없잖아? 솔직하게 말하면 사창가에 팔 것 같았어. 결국 돈을 갚으려면 그것밖에 없다고 생각하기 시작했지. 그때 그 사람이 도와줬어."

"그 사람이라니?"

"아, 지금 같이 살고 있는 남자야. 타히티에도 그 사람과."

"어떤 사람이야?"

야쿠자 사무소 같은 데서 만났다니 평범한 사람은 아닐 것이다. 히토미는 스마트폰을 조작해 사진을 화면에 불러냈다. 타히티에서 찍은 걸로 보이는 둘의 사진이었다. 산뜻한 느낌의 얼핏 보기에는 평범한 남자였다. 엘리트로도 부자로도 야쿠자로도 보이지 않았다.

"그 사람한테 내 빚은 아주 푼돈이야. 아주 싼 물건이지."

"자신을 그렇게 말하는 건 안 좋아."

마이코는 너무 진부한 말이라고 생각했지만 말했다.

"뭐 그래도 사창가보다는 나으니까."

어딘가 포기한 듯한 말투였다. 히토미는 행복한 걸까. 그러나 빈곤에서 벗어난 건 좋은 일이다.

그 후 마이코는 인질이 되었던 때의 일, 인터넷에서의 소동과 TV 출연, 그리고 어머니 마스미와 만나게 된 것 등을 한바탕 얘기했다. 히토미는 "오!", "어머"라고 솔직하게 놀라며 얘기를 들었다.

"뭐, 어쨌든 피차 출세했달까."

비아냥거리는 것 같진 않았다.

"지금부터 우리 집에 갈래?"

"우리 집?"

"내 집은 아니지만. 그 남자 맨션. 아오야마."

마이코는 그 제안을 따르기로 했다. 히토미는 두 사람의 음료수 값을 지불하고 호텔 로터리에서 택시를 잡았다. 이제는 그런 생활에 완전히 익숙한 것 같았다. 그보다는 이것이 그녀의 원래 모습일 것이다.

택시는 20분쯤 가서 타워 맨션에 도착했다.

"여기야."

마이코도 전부터 본 적이 있는 건물이었다. 물론 안에 들어가는 건 처음이었다. 얼마나 임대료가 비쌀지는 입구만 봐도 알 수 있었다. 로비에는 호텔처럼 안내원이 있었다. 도대체 어떤 서비스를 해줄까.

엘리베이터로 25층까지 올라가 집으로 들어갔다. 당연히 실내도 호화로웠다.

남자의 집이라는 건 소파 취향을 통해 금방 알 수 있었다. 안에는 본 적도 없는 거대한 TV와 스피커가 자리 잡고 있었다.

"편하게 있어. 그 사람은 밤늦게 돌아오니까."

히토미는 역시 거대한 냉장고에서 음료를 꺼내면서 말했다.

"어떤 사람이야?"

"재미있는 사람이야. 스스로는 아무것도 하지 않아."

"응?"

"사람 마음에 드는 짓을 잘해. 이제 겨우 서른을 넘겼는데, 돈 많은 아저씨의 신임을 얻어 수천만에서 수억을 맡고 있어. 그 사람은 그 돈으로 다른 사람에게 일을 시켜. 그는 가운데 설 뿐이야."

세상에는 그렇게 일하는 방법도 있구나.

"그게 잘돼?"

"잘될 때도 안 될 때도 있는 것 같아. 잘 안 될 때도 빚에 쫓기지 않도록 조심한대. 세상에는 돈 있는 곳에 돈이 있는 법이지. 있는 곳은 아주 한정된 서클이고, 그 안에서 돈이 빙글빙글 돌고 밖으로는 좀처럼 나오지 않아. 그 사람은 그 서클에 들어갈 수 있었던 사람이지."

마이코는 넋을 놓고 듣고만 있었다. 레스토랑이라도 열어 그게 잘돼 부자가 되었다면 마이코도 이해할 수 있었다. 그러나 지금 히토미에게 듣는 얘기는 이제까지의 마이코의 상식과는 전혀 맞지 않았다.

"이 말은 그 사람한테 들은 거야. 세상에는 세 가지 서클이 있대. 큰돈이 도는 서클. 그 서클에서 떨어진 돈을 받아 부자라고는 할 수 없지만 안정된 삶을 사는 사람들. 평범한 샐러리맨 같은 사람들 말이야. 그리고 거기서 튕겨나와 어떤 떡고물도 받아먹지 못하는 사람. 얼마 전까지의 우리들."

"나는 지금도 그래."

"그래? 어쩐지 전과는 다른 느낌이 드는데."

"그래?"

확실히 전과는 여러 가지가 달라졌지만, 그렇다고 히토미가 말하는 세 번째 서클에서 벗어난 것 같진 않았다. 아니, 지금의 마이코는 세 번째 서클에서도 튕겨나가려는 게 아닐까.

"그리고 또 하나 중요한 게 있어. 돈은 환상이래."

"환상?"

히토미는 자신의 지갑에서 만 엔짜리 한 장을 꺼냈다. 안에는 만 엔짜리가 10장쯤 들어 있었다.

"그러니까 이거, 단순한 종잇조각이잖아. 이 종이 자체는 20엔 정도의 가치밖에 없다고.”

“그야 그렇지만. 거기에 만 엔의 가치가 있다고 정했잖아.”

“누가?”

“나라?”

“그래서 그걸 모두 믿지.”

“응, 그렇지.”

“은행계좌의 돈도 그저 숫자 나열에 불과해. 동그라미가 하나 더 많든 적든 그리 큰 의미는 없어.”

히토미는 남자에게서 들은 말을 계속했다.

“하지만 그런 말은 돈이 있으니까 할 수 있는 거 아닐까?”

오늘 밤 인터넷 카페에서 잘 수 있는 돈이 있느냐 없느냐에 사활이 걸린 마이코에게 돈은 환상이 아니었다.

“맞아, 이런 말도 했어. 정말 행복한 사람은 복권에 당첨돼 3억 엔이 생겨도 지금의 생활을 바꿀 생각이 없는 그런 매일을 보내는 사람이라고.”

그 역시 부자이기 때문에 할 수 있는 말이 아닐까. 돈 없는 사람이 거금을 손에 넣으면 훨씬 넓은 집으로 이사를 가거나 차를 사려고 하는 게 보통 아닐까.

“뭐, 나도 잘 모르겠다고 했지만.”

“뭐야, 그런 거야?”

둘이 함께 웃었다.

그때 마이코는 자신의 내부에서 아주 작은 변화가 일어났음을 깨달았다. 마음속에 작은 램프가 켜졌다. 잘 모르겠지만, 지금 애기가 어떤 힌트가 될 것 같았다.

도대체 어떤 힌트가 될까. 마이코가 생각하는 동안 돈에 관한 히토미의 강의가 끝나 있었다. 히토미가 툭 내뱉듯 중얼거렸다.

"이 생활도 조금 질려."

히토미가 느닷없이 돈에 궁한 사람이 들으면 한 대 패고 싶은 얘기를 했다.

"맥주 팔던 일 말이야, 많이 팔려면 어떻게 해야 할까 생각할 여지가 있었어. 손님이 컵을 기울이는 각도를 보고 맥주가 없는 것 같으면 한 잔 더 하실래요, 라고 말을 걸었지. 나름대로 생각했던 거야."

"그랬구나."

단순히 남자에게 애교를 부려 팁을 받는 게 다가 아니었구나.

"그래서 즐거웠어."

"지금은 즐겁지 않아?"

"아무것도 요구하지 않아. 그저 있기만 하면 된다고 하더라. 좋은 사람이고 많은 걸 알고 있지만, 내가 이런 생활에 금방 질리는 여자라는 걸 전혀 몰라."

"앞으로 어떻게 할 거야?"

"생각 중이야."

마이코는 표정을 보고 히토미가 신중하게 앞으로의 일을 생각하고 있다고 여겼다.

"그럼, 이제 돌아갈게."

마이코가 일어났다.

"앞으로 어떻게 할 거야?"

이번에는 히토미가 물었다.

"생각 중이야."

자신도 신중히 생각해보겠다는 의미로 같은 말을 했다.

"돈 빌려줄까?"

지금의 히토미라면 마이코가 어떻게든 빈곤한 생활에서 빠져나갈 수 있을 정도의 돈을 빌려주는 건 쉬울 것이다. 순간 심장이 쿵쾅댔다.

"아니, 됐어."

돈을 빌리는 건 아니라는 생각이 들었다.

"알았어. 그럼 정말 힘들면 연락해야 해."

"고마워."

손해 득실을 따지지 않고 그렇게 말해주는 친구가 있다는 게 정말 고마웠다.

마이코는 맨션을 나와 걸었다. 바람 냄새를 느꼈다.

그때와 마찬가지다. 나리타에게 AD를 그만두겠다고 말하고 도요TV 밖으로 나왔을 때 느낀 냄새. 하지만 그때와는 뭔가가 달랐다.

'뭔가 새로운 일을 시작하자.'

마이코는 그렇게 생각했다. 돈이 없어도 할 수 있는 무언가를.

그리하여 생각해낸 것이 동영상 투고였다.

어차피 할 거면 그저 재미있는 게 아니라 사람들에게 도움이 되는 거였으면 좋겠다.

일용직 아르바이트를 끝내고 인터넷 카페 개인실로 돌아와 작업을 했다. 빌딩 옥상에서 스마트폰으로 녹화해 개인실로 돌아오면 편집도 스마트폰으로 했다. 돈은 전혀 들지 않았다. 정신을 차리니 편집까지 할 수 있었다. 졸린 눈을 부비면서 나리타의 편집 작업을 지켜본 게 낭비는 아니었던 모양이다. 이밖에도 나리타에게 배운 VTR을 재미있게 하는 기술, 야마오카에게서 전수한 빈곤 생활의 서바이벌 지식을 전면 활용했다. 그 두 사람에게는 안 좋은 추억을 잔뜩 얻었지만 지금은 감사한다.

마이코는 동영상 재생수가 예상외로 늘어나는 걸 보고 돈으로 바꿀 수 있다는 걸 깨달았다. 그러나 그렇게 하지 않았다.

무엇보다 그런 짓을 하면 또 인터넷상의 화제가 될 거라는 사실을 알았기 때문이다. 이걸로 돈을 벌겠다고 처음부터 생각하지 않았던 이유도 컸다. 그럼 목적이 뭘까. 그건 스스로도 잘 알 수 없었다. 히토미에게서 들은 '돈은 환상'이라는 말에 나름대로 마주하려고 했을지도 모른다. 마이코의 동영상 밑에 나오는 재생수는 돈으로 바꾸려고 하면 바꿀 수 있는 숫자였다. 그러나 그건 단순한 숫자에 불과했다.

하지만 결과적으로 돈이 될지 안 될지를 생각하지 않고, 그저 재미있는 걸 만들려 했던 건 잘한 것 같다. 마이코 자신이 순수하게 즐긴 부분을 많은 사람들이 재미있게 봐주었던 것 같다.

마이코는 언젠가부터 일용직 일을 하면서 동영상을 만들어 올리는 생활을 즐기고 있었다. 당분간은 이런 생활이 계속되었으면 좋겠다고 생각했다.

그러나 한 가지는 계산을 잘못했다. 동영상을 만드는 데 생각보다 많은 시간이 걸렸던 것이다. 스스로 만족할 만한 재미있는 동영상을 만드는 데는 나름의 노력이 들어간다. 클로즈업 영상을 넣고 싶을 때도 있었다. 그때는 따로 촬영해 나중에 편집했다. 편집으로 리듬을 넣을 수도 있었다. 매달리기 시작하면 한도 끝도 없었다.

의외로 마이코가 중요하게 생각한 건 음성이었다. 보통 사람은 거의 음성을 신경 쓰지 않았다. 잘 들리는 게 당연하다고 생각했다. 하지만 잘 들리게 녹음하는 일은 그리 쉬운 게 아니었다. 스마트폰에 내장된 마이크로 실외에서 녹음해야 해서 의외로 실패하는 경우가 많았다. 잘되지 않아서 다시 촬영한 경우도 있었다. 마이코는 방송 시간이 다 되어가는데 마지막으로 수정했던 나리타의 심정을 이해할 수 있게 되었다. 그건 이상했던 게 아니라 무언가를 만드는 사람으로서 당연한 일이었다.

마이코는 동영상을 만드는 데 필사적이 되어 일용직 아르바이트를 쉬는 날이 많아졌다. 아르바이트를 쉬면 수입이 없다. 납득이 가는 동영상을 만들기 위해 마이코가 가진 돈은 더욱 줄어갔다.

그날, 마이코는 평소와 마찬가지로 일용직 창고에 갔다. 그런데 창고가 닫혀 있었다. 공사 때문에 휴업한다는 공지가 입구에 붙어 있었다. 이 시간에는 휴지 돌리기를 하려고 해도 늦었다. 마이코는 오늘 하루 수입을 날리고 말았다.

마이코는 지갑 속을 봤다. 천 엔짜리 한 장과 잔돈이 조금 있었다. 이대로는 오늘 밤 인터넷 카페에 묵을 수 없다. 지금까지 경험한 적이 없는 상황이었다. 오늘 수입이 없으면 오늘 밤은 노숙하는 수밖에 없다.

마이코는 어떻게 할까 생각하면서 거리를 걸었다. 이전이라면 패닉에 빠졌겠지만 이상하게도 차분했다. 어느새 마이코는 '노숙해보는 것도 괜찮지 않을까' 하는 생각을 하기 시작했다. 동영상의 소재가 되겠다 싶었다.

최근 마이코는 자신의 동영상에 매너리즘을 느끼고 있었다. 뭔가 새로운 소재가 없을까 궁리하던 참이었다.

젊은 여성이 노숙을 체험해본다. 마이코는 재미있는 동영상이될 거라고 생각했다. 다음 순간 자신의 머리가 이상해진 게 아닐까 생각했다. 자신이 노숙할 지경까지 몰락한 걸 소재로 삼으려하다니 아무리 생각해도 이상했다. 그런 일은 그만두라고 어딘가에서 또 다른 자신이 타일렀다. '이성'이라는 것일지 모른다. 히토미는 아주 곤란해지면 찾아오라고 했다. 히토미에게 돈을 빌리면되는 얘기였다.

그러나 마이코는 결국, 노숙을 동영상 소재로 삼는 유혹에 이기지 못했다.

노숙이라고 해도, 이 추운 겨울밤에 여자 혼자 공원 벤치에서자는 건 아무래도 주저되었다. 무엇보다 단순히 벤치에서 자는 건재미있는 동영상이 되지 않는다.

그래서 마이코는 종이 박스 하우스를 만들기로 했다. 필요한 건 종이 박스와 장소, 하우스를 만드는 기술이다.

마이코는 과감히 공원에 있는 파란 비닐하우스를 찾아갔다. 안에는 중년 남자가 셋 있었다.

"무슨 일이지?"

갑자기 젊은 여자가 찾아오니 놀라서 남자가 물었다.

"저기, 오늘 밤 종이 박스에서 자고 싶은데, 어떻게 하면 좋을지 알려주세요."

남자들은 저마다 어쩌다 그렇게 되었느냐, 위험하니까 그만두라고 말했다. 그러나 마이코의 결심에 변화가 없자 친절하게 여러 가지를 알려줬다.

종이 박스는 대형 가전 양판점에서 딱 좋은 크기의 걸 주는 경우가 있다고 했다.

마이코가 장소는 어디로 할까 생각하고 있었더니, 남자들이 "여기 옆에서 만들면 돼. 무슨 일이 생기면 우리가 도와줄 테니까"라고 말했다. 순간 이 남자들이 나쁜 짓을 하면 어떻게 하나 생각했지만, 아무리 봐도 나쁜 사람들로 보이지 않아 믿기로 했다.

다음은 하우스를 만드는 방법이다. 바람이 들어오지 않도록 하기 위해서는 종이 박스를 접는 게 중요하다는 등 경험에서 얻은 노하우를 많이 들었다. 친절한 사람들이었다. 친절에 기대어 염치도 없이 너무 많은 걸 배우는 것 같았지만, 처음이니 어쩔 수 없겠지.

결국 종이 박스를 모으고 만드는 데 꼬박 한나절이 걸렸다.

어두워질 무렵, 마이코 앞에 처음으로 만든 종이 박스 하우스가 나타났다. 남자들은 완성된 하우스를 보며 박수를 쳐주었다.

나리타는 그 후로 매일 마이코의 영상을 봤다.

최근 며칠 동안은 공원에서 종이 박스 하우스 생활을 소개했다. 이래서는 빈곤이 아니라 노숙자다. 그러나 동영상 속 마이코는 어딘가 구김살이 없었다.

그러다 예상치 못한 일이 일어났다. 조금 전 올라온 동영상에서 마이코는 종이 박스를 안고 뒷골목을 걷고 있었다. 마이코는 쉬려는 듯 종이 박스를 내려놓고 들고 있는 스마트폰 카메라를 향해 말하기 시작했다.

"어제까지의 집은 없어졌습니다. 그 장소는 노숙 금지라며 쫓겨났습니다. 저보다 그곳에서 내내 살던 아저씨들이 걱정입니다. 그런데 그 아저씨들은 건강하라며, 조심하라며, 헤어질 때 오히려 저를 걱정해주었습니다."

마이코가 주위를 둘러봤다.

"오늘 밤은 춥습니다. 바람이 불지 않는 곳을 찾고 있습니다."

그렇게 말하고 화면 속 마이코는 다시 뒷골목을 걷기 시작했다. 도대체 어디서 노숙하려는 걸까. 여자 혼자 노숙은 아무래도 너무 위험하다. 더 이상 어디로 가야 할지 모를 불안감이 마이코의 모습에서 느껴졌다. 본인은 전혀 비장감 없이 담담했기 때문에 오히려 보는 사람에게 그런 마음이 들게 했다.

장면이 바뀌어 마이코는 빌딩과 빌딩 사이에 있었다. 가지고 있던 종이 박스로 간단한 침상을 만든 것 같았다. 나리타에게는 그게 관처럼 보였다.

"오늘 밤은 여기서 자겠습니다."

마이코는 그렇게 말하고 안으로 들어가 누웠다. 영상은 거기서 끊겼다.

더는 편집할 여유도 없는 듯했다. 그저 영상을 조각조각 연결한 것뿐이었다.

나리타는 이때 늘 있던 편집실에서 이 영상을 보고 있었다. 다음 날 아침 방송할 VTR을 편집 중이었다. 동영상을 올린 날짜를 보니 1월 20일이었다. 시계를 보니 오전 2시. 올라온 지 아직 두 시간도 지나지 않았다.

"잠깐 나갔다 올게."

나리타는 편집을 맡은 오카모토에게 말했다.

"뭐? 어디 가는데요?"

"잠깐이면 돼."

나리타는 밖으로 나왔다. 영상에 나온 뒷골목은 신주쿠 근처였다. 부도심의 고층 빌딩이 살짝 비치는 게 보였다.

나리타는 택시를 타고 운전사에게 신주쿠까지 가달라고 부탁했다. 찾을 수 있을지 없을지는 모른다. 그러나 찾지 않을 수 없었다.

마이코는 '관' 속에 있었다. 그야말로 선인들의 지혜의 결과 속에서 간신히 추위를 넘길 수 있었다. 그러나 캄캄했다. 자신이 어디에 있는지 모를 지경이었다. 자신이 있는 곳을 머릿속으로 확인했다. 니시신주쿠의 뒷골목, 창고와 공장 사이. 적어도 내일 아침까지는 아무도 지나다니지 않는 곳이다.

마이코는 여기에 이르기까지의 과정을 되돌아보았다.

정말 많은 일이 있었다. 마이코는 노숙까지 하게 되었지만, 자신이 밑바닥으로 떨어졌다는 느낌은 그다지 없었다. 자신 안에서 변화가 일어났음을 감지했다. 그 변화가 나쁘지 않다는 확신이 들었다. 앞으로 어떻게 해야 할지는 모른다. 하지만 어떻게든 되리라. 그렇게 근거도 없는 생각을 할 수 있었다.

어디선가 멀리서 "다치바나!"라고 소리치는 소리가 들리는 듯했다. 어쩐지 낯익은 목소리였다. 어쩐지 반가웠다.

마이코는 기분 탓이라고 생각하며 잠들었다.

다음 날 아침, 마이코는 종이 박스 안에서 눈을 떴다. 역시 등이 조금 아팠다. 그날은 일용직 일을 하러 갔다. 오늘 밤은 인터넷 카페에서 자야지, 하고 생각했다.

점심시간에 휴대전화를 확인하니 메일 한 통이 와 있었다. 모르는 이름이었다. 영상제작회사 사람이라고 했다. 히토미의 남자 친구로부터 히토미를 통해 마이코의 메일 주소를 받았다고 적혀 있었다. 용건은 '일을 의뢰하고 싶다'는 거였다. 마이코의 빈곤을 소재로 하겠다는 게 아니었다. 마이코의 동영상을 보고 센스를 인정해 다큐멘터리 디렉터로 쓰고 싶다는 거였다. 도요TV의 심야 방송대에 30분짜리 다큐멘터리 프로그램이 있었다. 현대 일본의 다양한 단면을 그리는 진지한 프로그램이었다. 그 하나를 맡기고 싶다고 했다. 마이코는 그 꿈같은 요청을 의외로 아주 냉정하게 받아들였다.

"연락 주셔서 감사합니다. 흥미가 있으니 일단 자세한 얘기를 듣고 싶습니다."

마이코는 답장을 썼다.

에필로그

마이코가 있는 곳에도 관객들의 소란스러움이 들려왔다.

지하에 있지만 지상에 있는 관객 5만 명의 두근거림과 들뜬 기분이 그대로 전해지는 듯했다.

오늘부터 프로야구 개막전이 시작된다. 마이코는 이 돔구장에 처음 왔다. 눈앞에서 유니폼 차림의 히토미가 맥주 탱크를 짊어지고 있었다. 맥주가 가득 든 탱크는 아주 무거워 보였다. 마이코도 조금 전 시험 삼아 짊어져봤는데, 이걸 짊어지고 스탠드를 오르내리는 일은 상당히 힘들 듯했다. 그러나 히토미는 아무렇지도 않은 얼굴로 동료들과 잡담을 나누고 있었다.

히토미는 재작년 여기서 일했다. 오늘은 복귀 첫날로, 당시 같이 일했던 동료들과 재회하는 날이기도 했다.

히토미는 그 타워 맨션에 사는 남자와는 헤어졌다고 했다. 역시 스스로 돈을 벌고 싶어졌다고 하자 웃으면서 보내줬다고 했다. 그 남자는 히토미의 빚을 대신 갚아주었지만, 돈을 돌려달라고는 하지 않았단다. 부자라도 짠돌이가 있는 법인데, 그 남자는 달랐던 것 같다. 돈은 환상일 뿐이라고 말할 만했다.

이곳에는 각 맥주회사의 코너가 있어 판매원들이 맥주와 잔돈을 보충한다.

마이코 쪽에는 카메라와 음성 스태프가 있었다. 둘 다 마이코와 같은 세대였다. 마이코는 여기서 히토미를 비롯한 비어걸들의 다큐멘터리를 찍게 되었다. 오늘은 촬영 첫날이다. 조금 전 회의대로 이미 카메라가 돌기 시작했다.

마이코는 의뢰를 받고 한동안 오랜 경력의 디렉터 밑에서 AD로 다큐멘터리 일을 배웠다. 정보 프로그램의 AD로 일했을 때와는 진지함이 전혀 달랐기 때문에 흡수도 빨랐다. 혼이 나도 전혀 힘들지 않았다. 오히려 자신을 키워주려는 디렉터에게 감사했다. 어쩌면 나리타도 그랬던 걸까. 그 무렵의 마이코는 그런 사실을 몰랐다. 오랜만에 나리타에게 연락해볼까 생각했지만 조금 낯부끄러워 아직까지 못 하고 있었다.

얼마 전 검찰관이라는 사람에게서 메일이 왔다. 다도코로가 기소되어 재판을 받게 되었으니 증인으로 참석해달라는 내용이었다. 마이코는 승낙의 답장을 보냈다. 그때의 일을 있는 그대로 말해야겠다고 생각했다. 다도코로에게는 나쁜 감정을 전혀 가지고 있지 않다는 사실도.

어머니 마스미와는 여전히 연락하지 않고 있다. 언젠가 화해할 날이 올까. 마이코는 변화하고 있다. 만약 그 사람도 변한다면 그럴 수도 있을지 모른다고 생각했다. 그러나 그 희망은 가능성이 너무 희박한 것 같다.

마이코가 디렉터에게 거의 혼이 나지 않게 되었을 무렵, 상사에게 제출했던 이번 기획이 통과되었다는 소식을 들었다. 디렉터로 데뷔하게 된 것이다. 심야방송이기 때문에 제작비도 스태프도 적지만, 지금의 자신에게는 이 정도가 딱 좋았다.

마이코가 카메라맨에게 "여자들 클로즈업을 중심으로"라고 말하자, 카메라맨은 알아들었다며 "OK"라고 대답했다.

"아주 높은 사람이 됐네."

그 모습을 본 히토미가 놀리듯 말했다. 다른 사람들에게는 그렇게 보일까. 사실 마이코는 긴장해 가슴이 벌렁거리고 있었다.

"자, 가자!"

치프 같은 남자의 출동 명령에 비어걸들이 일제히 출진했다. 히토미도 그 안에 있었다. 그녀의 '시즌 오프'는 어제까지였다.

히토미를 비롯한 비어걸들이 스탠드로 향했다. 마이코의 지시로 카메라맨이 그녀들을 찍으며 따라갔다. 마이코도 그 뒤를 따랐다.

문을 나서자 커다란 공간이 나왔다. 마이코는 스탠드의 밝은 빛 속으로 나갔다. 라이트가 이렇게 밝았나 하는 생각을 했다. 마치 스테이지에 나가는 듯한 마음으로 마이코는 앞으로 나아갔다.

빈곤의 여왕

초판 1쇄 발행 2019년 2월 25일

지은이 | 오자키 마사야
옮긴이 | 민경욱
펴낸이 | 조미현

책임편집 | 황정원
디자인 | 나윤영

펴낸곳 | (주)현암사
등록 | 1951년 12월 24일 · 제10-126호
주소 | 04029 서울시 마포구 동교로12안길 35
전화 | 02-365-5051
팩스 | 02-313-2729
전자우편 | dalda@hyeonamsa.com
홈페이지 | www.hyeonamsa.com
블로그 | blog.naver.com/hyeonamsa

ISBN 978-89-323-1972-8 03830

* 이 도서의 국립중앙도서관 출판예정도서목록(CIP)은 서지정보유통지원시스템 홈페이지(http://seoji.
nl.go.kr)와 국가자료공동목록시스템(http://www.nl.go.kr/kolisnet)에서 이용하실 수 있습니다.
(CIP제어번호 CIP2019002519)
* 책값은 뒤표지에 있습니다. 잘못된 책은 바꾸어 드립니다.
* 달다(DALDA)는 (주)현암사의 장르소설 브랜드입니다.

THE
POOR
QUEEN